La Quête d'Alice Gagnon

DE LA MÊME AUTEURE

Saga LES CHRONIQUES DE CHAMBLY

Tome I, *Marguerite*, roman, Montréal, Hurtubise, 2009.
Tome II, *Julie et Salaberry*, roman, Montréal, Hurtubise, 2012.
Tome III, *Marie-Josèphe*, roman, Montréal, Hurtubise, 2015.

Série LA QUÊTE D'ALICE GAGNON

Tome I, *Une fille de Chicoutimi*, roman, Montréal, Hurtubise, 2018.

Tome II, *Une femme libre*, roman, Montréal, Hurtubise, 2019.

Par la faute d'Emmélie, roman, Montréal, Hurtubise, 2023.

LOUISE CHEVRIER

La Quête d'Alice Gagnon

Tome 2

La vie rêvée

Roman historique

Hurtubise

Catalogage avant publication de Bibliothèque et Archives nationales du Québec et Bibliothèque et Archives Canada

Titre: La quête d'Alice Gagnon / Louise Chevrier.

Noms: Chevrier, Louise, auteur. | Chevrier, Louise. Vie rêvée. | Chevrier, Louise. Fille de Chicoutimi.

Collections: Classiques du roman historique d'ici.

Description: Nouvelle édition. | Mention de collection: Les classiques d'ici | Tomes 1 et 2 publiés antérieurement sous le titre: Une fille de Chicoutimi. 2018. | Sommaire: tome 2. La vie rêvée.

Identifiants: Canadiana (livre imprimé) 20230082998 | Canadiana (livre numérique) 20230083005 | ISBN 9782898511431 (vol. 2) | ISBN 9782898511448 (PDF: vol. 2) | ISBN 9782898511455 (EPUB: vol. 2)
Classification: LCC PS8605.H493 Q48 2024 | CDD C843/.6—dc23

Les Éditions Hurtubise bénéficient du soutien financier du gouvernement du Québec par l'entremise du programme de crédit d'impôt pour l'édition de livres et de la Société de développement des entreprises culturelles du Québec (SODEC). L'éditeur remercie également le Conseil des arts du Canada de l'aide accordée à son programme de publication.

Financé par le gouvernement du Canada | Canada

Conception graphique: Sabrina Soto
Illustration de la couverture: Jean-Luc Trudel
Maquette intérieure et mise en pages: Andréa Joseph [pagexpress@videotron.ca]

ISBN 978-2-89851-143-1 (version imprimée)
ISBN 978-2-89851-144-8 (version numérique PDF)
ISBN 978-2-89851-145-5 (version numérique ePub)

L'édition originale de cette série publiée en 2018 et 2019 comprenait deux tomes; cette réédition de 2024 en comporte quatre, les tomes 1 et 2 originaux étant divisés en deux tomes distincts.

Dépôt légal: 3e trimestre 2024
Bibliothèque et Archives nationales du Québec
Bibliothèque et Archives Canada

Diffusion-distribution au Canada:
Distribution HMH
1815, avenue De Lorimier
Montréal (Québec) H2K 3W6
www.distributionhmh.com

Diffusion-distribution en Europe:
Librairie du Québec/DNM
30, rue Gay-Lussac
75005 Paris FRANCE
www.librairieduquebec.fr

Imprimé au Canada
www.editionshurtubise.com

À ma mère, Madeleine Lalancette
À Jean-Paul, Jacqueline et Maurice Lalancette

Oh ! Maria, vous ne pouvez pas vous imaginer.
[…] Rien qu'à vous promener sur les trottoirs
des grandes rues, un soir, quand la journée de
travail est finie, […] rien qu'à vous promener
de même, avec les lumières, les chars
électriques qui passent tout le temps,
les magasins, le monde, vous verriez
de quoi vous étonner pour des semaines.

Louis Hémon, *Maria Chapdelaine*

Les personnages

À l'Anse-aux-Foins

Alice-Lauretta Gagnon : aînée de la famille Gagnon.

Honoré et Marie (née Barrette) Gagnon : parents d'Alice-Lauretta, d'Aimé-Louis, d'Alphonse, d'Albert, d'Adélard, d'Alban, d'Antoinette, d'Alcide, d'Antoine et de Paola.

Alfred et Josette (née Lemieux) Gagnon : pépère et mémère d'Alice-Lauretta, parents de Laure, d'Alicia, d'Honoré, d'Armand et de Philomène entre autres, ainsi que de deux fils aînés.

Armand Gagnon : fils d'Alfred et de Josette, oncle et parrain d'Alice-Lauretta.

Laure (née Gagnon) Tremblay : fille d'Alfred et de Josette, tante d'Alice-Lauretta, épouse de Rosaire Tremblay.

Philomène Gagnon (dite Philou) : fille d'Alfred et de Josette, tante d'Alice-Lauretta.

Juliette Tremblay : cousine d'Alice-Lauretta, fille de Laure et Rosaire Tremblay.

Théo Tremblay : fils du cultivateur Napoléon Tremblay.

Jémina Bouchard : fille du fromager, ancienne compagne de classe de Philou.

Martin Bouchard : fils du fromager.

Docteur Claveau : médecin de l'Anse-aux-Foins.

Mademoiselle Desbiens : institutrice à l'école du rang Saint-Louis.

Madame Maltais : marchande générale.
Monsieur le curé Larouche : curé de la paroisse de l'Anse-aux-Foins.

À Chicoutimi

Émery et Magué (née Barrette) Belley : oncle et tante d'Alice-Lauretta.
Cécile Belley : cousine d'Alice-Lauretta, fille de Magué et d'Émery Belley.
Monsieur Carrier : propriétaire de Carrier *À la mode.*
Éphrem Côté : gérant de Carrier *À la mode.*

Au Grand-Brûlé

Patrice Lalancette : mécanicien, employé au barrage de Portage-des-Roches.
Silvio Lalancette : mécanicien, frère de Patrice.
Émilie Lalancette (née Harvey) : mère de Patrice et Silvio, veuve, agricultrice.

Au lac Saint-Jean

Ivan et Flavie Savinski : employé à la centrale hydro-électrique de l'Isle-Maligne et son épouse.
Désiré et Maria (née Harvey) Tremblay : oncle et tante de Patrice et Silvio, parents de Pierre-Marie et d'Edgar.

À Valleyfield

Marguerite Goulet : fiancée d'Albert Gagnon.

— En v'là une qui va en remontrer à son père.

Chapitre 1

Rendre son tablier

Les mois avaient passé avant que je ne puisse me trouver un emploi. Il avait fallu s'installer, inscrire les enfants à l'école, inciter les plus vieux à se trouver un emploi, accomplir mille et une tâches.

Enfin, c'était mon tour. Fille de la ville, ce serait moi ! Je travaillerais pour un salaire, épargnerais pour m'acheter de belles affaires, et deviendrais in-dé-pen-dan-te, à l'exemple de ma cousine Cécile.

Nous habitions rue Morin, dans un quartier populaire du bas de la ville peuplé d'ouvriers, de journaliers et de charretiers. Notre maison était située à l'angle de la longue rue Cartier qui, comme la rue Racine, traversait Chicoutimi d'est en ouest. De chez nous, il suffisait de prendre la rue Cartier et de marcher jusqu'à la rue Labrecque pour arriver devant une somptueuse demeure qui dominait le quartier : celle de la famille Dubuc. L'influence de Julien-Édouard-Alfred Dubuc, le « roi de la pulpe », principal employeur de la ville, s'étendait à la compagnie de téléphone, à la société d'éclairage ainsi qu'à celle des eaux. Cette maison cossue à l'architecture originale avait été bâtie à sa mesure.

Tel un rempart, un muret de pierres bosselées délimitait leur domaine, des colonnes montant la garde aux deux entrées fermées par une grille en fer forgé. Les murs du rez-de-chaussée, recouverts de pierres taillées, cédaient la place à un recouvrement en bardeaux de bois qui, lui, se prolongeait jusque sous la toiture de cette résidence que coiffait un toit à l'impériale orné de plusieurs pignons. L'une des entrées grillagées s'ouvrait sur un petit trottoir qui menait à l'imposante galerie, toute en pierre également, avec de la dentelle de bois sous le larmier.

Chicoutimi était le fief des Dubuc, et c'était chez ces aristocrates que mon père prétendait m'avoir trouvé un travail. Il m'en rebattait les oreilles depuis trois jours tout en restant vague sur le genre d'emploi, se contentant de répéter :

— Travailler dans une belle maison de même et pour une dame de la haute société, sûr que tu vas aimer ça ! Madame Dubuc t'attend lundi.

Lui-même, après avoir vivoté d'un emploi de journalier à l'autre parce qu'on le disait trop vieux pour être ouvrier à l'usine, venait d'être embauché par le grand personnage pour s'occuper des chevaux de son écurie.

Mon père n'avait jamais été aussi heureux et l'atmosphère à la maison s'en ressentait. Grâce à monsieur Dubuc, les jours bougons appartenaient au passé et moi, je n'avais rien à perdre à aller voir sur place de quoi il en retournait.

Je devais me présenter à la porte de service, à l'arrière de la maison, ce qui ne m'empêcha pas de longer la galerie, histoire de jeter un coup d'œil discret aux fenêtres et d'apercevoir des meubles sombres posés sur des tapis de Turquie et de grands tableaux accrochés aux murs. Je frappai le heurtoir de bronze.

— Oui ?

Une femme plutôt austère apparut dans l'embrasure de la porte. Robe noire ceinte d'un tablier blanc et petite coiffe dans des cheveux plus poivre que sel soigneusement tirés vers l'arrière, elle me toisa de son œil de corneille. Tout un accueil !

— *Miss* Gagnon ? croassa-t-elle dans un français cassé. Je vais voir si ma maîtresse est disponible.

Elle me laissa poireauter dans un vestibule plutôt ordinaire, comparé à l'opulent salon que je venais d'admirer. Au bout d'une quinzaine de minutes, j'en étais à me demander si j'étais bel et bien attendue quand la corneille revint pour me conduire auprès de sa maîtresse qui m'attendait dans une grande cuisine garnie de hautes armoires et d'incroyables appareils électriques. Madame Dubuc renvoya la femme de charge à ses tâches.

— Merci, Nelly !

La mère de famille dans sa calèche couverte et entourée de ses beaux enfants que j'avais croisée autrefois dans la rue Racine avec mon oncle Armand et Philou avait fait place à une dame d'environ cinquante ans dont le regard froid me détailla de la tête aux pieds. Pourtant, elle avait la réputation d'être pieuse et charitable. Pour l'occasion, j'avais ressorti mon bel ensemble en velours porté lors de ma visite chez monsieur Carrier. L'image de la jeune femme sérieuse sembla lui plaire, car elle daigna me gratifier d'un sourire poli.

— Ainsi, c'est vous, la jeune Gagnon ? Votre père nous a vanté votre belle éducation reçue d'une tante religieuse.

— Il devait parler de ma tante Philomène qui est chez les Augustines de la Miséricorde de Jésus, madame.

Le « madame » bien placé à la fin de la phrase la convainquit de mes bonnes manières puisqu'elle joignit les mains.

— Nous connaissons ces saintes femmes. Mère Saint-Vincent-de-Paul, la maîtresse des novices, est la sœur de mon mari. Si vous voulez bien me suivre dans la cuisine, mademoiselle Gagnon, que je vous présente notre cuisinière. Madame Simard, voici… Rappelez-moi votre prénom ?

— Alice, madame.

— Alice, dites-vous ? C'est curieux. Ce n'est pas le prénom que m'avait mentionné votre père, il me semble…

Je me gardai bien de la renseigner. C'était simple, je ne répondais plus à Lauretta. Dès que nous nous étions établis en ville, j'avais exigé qu'on m'appelle Alice. Lauretta appartenait au rang Saint-Louis et on ne la verrait plus. Mes frères commençaient à s'habituer ; pour ma mère, il faudrait du temps. Quant à mon père…

Madame Dubuc cherchait toujours. J'attendais. Malheureusement, la mémoire lui revint.

— Lauretta. Oui, je me rappelle. Toutes les filles de la campagne ont de ces prénoms ridicules se terminant en "a".

— C'est pourquoi je préfère Alice, madame.

— Qui ne convient pas à une domestique. Nous nous en tiendrons donc à Lauretta.

J'ignorais qu'il y avait des prénoms particuliers pour le personnel de service. J'avais conservé un ton poli, mais « madame » commençait à m'agacer.

— Mon père n'a pas précisé, pour l'emploi. Il m'a seulement dit que vous cherchiez quelqu'un de belle apparence.

— C'est en effet ce que j'exige de mes servantes. C'est important, pour notre *standing*.

Servante ? Avais-je bien entendu ? « Madame » poursuivit son laïus.

— Nos amis appartiennent à la bonne société et nous recevons même des étrangers, des gens importants pour les affaires de mon mari. Madame Simard, demanda-t-elle à la cuisinière qui attendait, allez donc chercher un uniforme à la taille de Lauretta, de même qu'un tablier. Nous fournissons à notre personnel les vêtements appropriés au service, précisa-t-elle, ce qui vous fait une appréciable dépense de moins. Surtout pour une fille de cuisine.

— Pardon ? Vous avez bien dit… fille de cuisine ?

— En ce qui concerne les gages, continua ma future patronne sans tenir compte de ma question et des points d'interrogation dans mes yeux, je me suis entendue avec votre père et ils seront ajoutés aux siens.

— Je ne verrai jamais la couleur de mon argent ?

— Rien de plus naturel, jeune fille. Vous êtes mineure et votre père travaille pour nous. Après tout, il s'agit de la même famille, non ?

Madame Simard était de retour avec une petite pile de vêtements, mon futur uniforme de fille de cuisine, supposai-je. Je renfilai mes gants.

— Je regrette, madame, ça ne sera pas possible.

La dame afficha un air outré. Je m'en contrefichais et ajoutai, avec toute la dignité dont j'étais capable :

— Fille de rang peut-être, fille de cuisine… jamais dans cent ans !

Cette snob fit un geste de la main comme pour chasser un maringouin.

— Puisque c'est ainsi, mademoiselle l'insolente, nous n'avons plus rien à nous dire.

Je virai les talons. « Madame » s'épancha aussitôt auprès de sa cuisinière :

— Ces campagnardes qui ignorent leur place dans la société, elles se croient nées avec une cuillère d'argent dans la bouche ! Je plains son pauvre père d'avoir une fille aussi ingrate.

Dès les premiers jours de notre arrivée à Chicoutimi, je m'étais rendue chez Carrier *À la mode* où travaillait toujours ma cousine Cécile – la chanceuse! En vain. Toutefois, je n'étais pas catastrophée au point d'accepter un travail de fille de cuisine, même chez les Dubuc.

À ce jour, ma vie en ville ne s'avérait guère différente de celle de l'Anse-aux-Foins, les poules et les vaches en moins. C'était déjà ça de gagné, tout comme l'humble plaisir d'acheter des légumes à La Bonne Ménagère et de la viande à la boucherie.

De retour à la maison, je retrouvai le logement déserté. Adélard et Alban étaient à l'école, Alphonse et Albert, au travail. Aimé-Louis n'habitait pas avec nous. Mon frère était un feu follet. Après avoir fait les chantiers d'hiver, il avait préféré rester à l'Anse-aux-Foins et travailler pour notre grand-père, jusqu'au jour où il en avait eu assez des ordres d'Alfred. Plutôt que de venir nous rejoindre en ville, il avait décidé de s'engager comme manœuvre au barrage de Portage-des-Roches et logeait chez des gens du Grand-Brûlé, un village situé à proximité du chantier, sur le haut plateau au sud de Chicoutimi. Ce qui dégageait un peu de place dans notre étroit logement, où j'étais obligée de partager ma chambre avec les deux petits derniers. Ma mère était sortie. Par cette belle journée d'été, elle était sans doute chez ma tante Magué où elle aimait faire un tour avec les petits: Alcide, quatre ans, et Antoine, deux ans.

Ma mère? La ville avait agi sur elle comme un baume sur une plaie. Désormais, elle riait tout le temps; elle était d'une bonne humeur contagieuse. Elle avait délaissé sa berceuse et revenait toujours de ses visites chez divers membres de sa famille avec une bonne histoire à raconter. Comme le jour où elle s'était proposé de prendre le train pour aller voir son frère à Burlington! Sans se soucier, évidemment, d'où viendrait l'argent nécessaire pour ce voyage, comme s'il allait tomber du ciel. Du moins, Dieu merci, l'usine à fabriquer les petits frères semblait avoir cessé ses activités! Une vérité demeurait pourtant immuable chez les Gagnon: on s'appuyait entièrement sur moi pour la bonne marche de la maisonnée.

J'occupais mes soirées de semaine aux travaux d'aiguille: crochet et tricot pour la famille, puis en douce, lorsque les petits dormaient, je brodais des «A» sur les taies d'oreiller d'un futur trousseau pour le jour où je quitterais définitivement la maison. Désormais, j'avais ma cousine Cécile pour jeunesser les samedis soir et mes visites hebdomadaires à Philou pour me distraire. Et il y avait la rue Racine, avec ses trottoirs tout neufs, refaits en ciment, ses beaux magasins, puis l'éclairage électrique partout dans la ville et ça, c'était extraordinaire. J'en étais là, bien décidée à vivre ma propre vie et à me libérer de mon étouffante famille, résolument confiante en l'avenir. Toujours regarder en avant, jamais en arrière! Ce qui, dans l'immédiat, signifiait: préparer le souper.

Une chopine de mie de pain, une pinte de lait bouilli, une tasse de sucre et quatre œufs séparés. Battre ensemble les jaunes et le sucre, mélanger le lait et la mie de pain et faire dorer au four.

Pendant que je suivais la recette de mémère notée par mes soins, Alban jouait dehors et Adélard, à la table de cuisine, peinait sur les exercices que je l'obligeais à faire, depuis qu'il avait redoublé une année scolaire. Foi d'Alice Gagnon, ça ne se reproduirait pas.

— Qu'est-ce que tu fais, Laur... heu! Alice?

— Un pudding pour le dessert de ce soir. Allez, finis tes devoirs.

— J'haïs ça!

— Hé! Quand on a la chance d'aller à l'école, on se tait! Regarde Albert! Grâce à son diplôme modèle, il a un meilleur travail qu'Alphonse.

— Popa dit qu'à trop avoir d'instruction, on se prend pour un autre.

— Nous sommes en 1920, c'est ancien de penser comme ça. De nos jours, tout le monde sait que c'est important d'aller à l'école. Je t'aiderai dès que j'aurai fini mon dessert.

J'entrepris de monter les blancs d'œufs en neige avec le nouveau batteur acheté à la ferronnerie générale de la rue Racine. Une fois la préparation cuite et refroidie, j'étalerais une fine couche de confiture de fraises avant de recouvrir le tout de meringue et d'enfourner une nouvelle fois, le temps de faire dorer.

On frappait. La silhouette de Théo Tremblay s'encadra dans le chambranle de la porte.

— La belle visite! Entre donc, Théo.

Les doigts enfarinés, j'essuyai mes mains sur mon tablier pour replacer une mèche qui s'était échappée de mon chignon. Plus grand que dans mon souvenir, bâti comme une armoire à glace à force de passer ses hivers aux chantiers, avec ce regard bleu qui m'avait troublée autrefois, c'était le même bon vieux Théo qui surgissait chez nous comme à l'époque du rang Saint-Louis.

— Qu'est-ce que tu fais à Chicoutimi? Ça fait des lustres!

— Je passais et je me suis dit: "Allons prendre les dernières nouvelles."

Je lui parlai du travail de mon père.

— Les chevaux, ç'a toujours été son affaire, approuva Théo. Aimé-Louis me disait pourtant que ton père arrivait pas à se placer.

— C'est mon oncle Émery, celui qui travaille comme comptable à la pulperie, qui lui a trouvé cet emploi.

— Avec une telle recommandation, c'est encore mieux. Et toi, Alice, que deviens-tu ?

— Oh, pas grand-chose ! Mais accroche ta casquette et assieds-toi donc, tu m'énerves, à rester debout au milieu de la cuisine.

J'étais tellement contente de le revoir ! J'avais envie de bavarder avec lui, d'entendre parler de Laure, de Juliette et d'Armand. Et de lui raconter ma mésaventure avec madame Dubuc. Théo me connaissait, il comprendrait. En tirant une chaise pour lui, je fis déguerpir mon frère :

— Adélard, va donc jouer dehors avec Alban. Tu termineras tes devoirs plus tard.

— Ben, j'aimerais ça rester avec Théo.

— Théo et moi, on veut jaser. Allez, file !

Mon frère disparut sans insister. Je me tournai vers Théo qui restait résolument debout au milieu de la cuisine.

— Veux-tu une tasse de thé ? Je vais en faire du frais.

— Laisse faire le thé, c'est toi que je suis venu voir, Alice.

— T'as bien l'air sérieux. Rien de grave chez vous, j'espère ?

Il me dévisagea en souriant.

— Tu me prends pour un oiseau de mauvais augure ! Au contraire ! J'ai juste des bonnes nouvelles. Je t'annonce que je vais gagner ma vie honorablement. Comme plombier. C'est ça que je suis venu te dire. Tu voulais pas d'un cultivateur, me v'là plombier.

Me sentant d'humeur taquine, je souris à mon tour :

— T'es en train de me faire une demande, Théo?

Petit Jésus! J'aurais mieux fait de tenir ma langue. Soudain, il devint grave comme un monseigneur.

— Toi et moi, on s'en va bientôt sur nos vingt ans. Tu penses pas que c'est le temps d'être sérieux? commença-t-il en prenant doucement ma main dans la sienne. Tu sais, Alice, je t'aime depuis toujours. Je veux t'épouser, fonder une famille... avec toi. J'ai pas changé d'idée.

Je dégageai vivement ma main. Théo Tremblay du rang Saint-Louis, je l'aimais bien, mais pas assez pour le marier.

— Moi non plus, Théo, je n'ai pas changé d'idée. Une famille, j'en ai une, je cherche même à m'en débarrasser. Me marier? Enlève-toi ça de la tête! Je veux vivre, être libre, avoir des belles robes, des belles affaires, un logement à moi, sortir au théâtre, aller aux vues!

— Je suis pas encore assez bien pour toi, c'est ça?

— Tu ne comprends pas, Théo! Me marier, être encore une servante? Je n'en peux plus d'être une servante!

— Ah, oui? Aimé-Louis me disait pourtant que t'avais un cavalier...

Mon frère et sa grande trappe!

— Je ne vois pas de qui tu parles. Et puis, je peux bien avoir un cavalier si je veux.

— Toujours aussi fière-pet! Maudit! Qu'il en soit donc fait selon ta volonté, Alice-Lauretta Gagnon...

La porte-moustiquaire claqua derrière lui. Mosus! Mes blancs d'œufs étaient tombés et ma meringue, fichue.

Le soir au souper, en parlant de ma réponse à madame Dubuc, mon père explosa:

— Calvaise ! Mam'zelle fait sa fraîche ! Non contente de lever le nez sur une belle job, t'as insulté ma patronne. Si c'était pas de la considération de monsieur Dubuc, un peu plus, je perdais mon travail.

Les enfants sortirent de table ; je débarrassai la vaisselle tout en servant mon père qui venait de s'installer.

— Fille de cuisine ? C'est tout ce que vous espérez pour moi ?

— Tu penses donc jamais à nous autres, Lauretta ? gémit ma mère qui enfilait un pyjama à Alcide. On a besoin de ton salaire.

Je la soupçonnais d'être au courant des détails depuis le début. Comment avait-elle pu croire que j'accepterais un tel travail ?

— Penser à vous autres, je fais rien que ça !

— C'est toi qui as décidé que les garçons devaient aller à l'école plus longtemps. Astheure, faut que tu travailles pour le manque à gagner.

— Et j'en ai bien l'intention, affirmai-je. Demain, je vais même faire tous les magasins de la rue Racine. Je finirai bien par trouver.

Adélard, qui finissait son dessert, entreprit de bavasser.

— Théo Tremblay est venu faire un tour après-midi.

— Pourquoi tu l'as pas gardé à souper ? me demanda notre mère. Ça se fait pas. Même si on est pas riches, on est capables d'inviter.

— Il était fâché, s'empressa d'ajouter mon petit frère, parce qu'elle lui a dit qu'elle voulait pas le marier.

— Coudon, le porte-paquet, t'écoutes aux portes ?

Décidément, tout le monde se mêlait de mes affaires. Même Albert :

— Pourtant, Alice, Théo t'aime. C'est un bon gars !

— Moi, je ne l'aime pas.

— Ta sœur a bien fait de refuser, approuva notre mère. Elle est trop jeune pour se marier.

— Trop jeune ? Vous, moman, vous aviez à peine dix-huit ans le jour de votre mariage !

— Dans mon temps, une fille de cet âge était mûre pour le mariage, déclara-t-elle sans sourciller.

— Tellement mûre, moman, que vous vous êtes empressée de confier vos enfants à votre fille aînée.

— C'est méchant ce que tu dis là, Lauretta !

Méchante, maintenant ! Au chapitre de la mauvaise foi, ma mère était décidément la championne.

— Ça suffit ! nous coupa mon père. De toute manière, tant que t'es mineure, t'as besoin de mon consentement pour te marier et la réponse serait non. Parce qu'on a besoin que t'apportes un salaire à la maison. Le pain que tu manges, tu le gagnes, point final !

— Pas comme servante !

— Tu prendras la job qu'il y aura.

— Je prendrai la job qui me plaira. Comprenez-moi bien, popa : c'est fini, le temps où vous décidiez à ma place. Mettez un mouchoir là-dessus !

Alcide, qui n'aimait pas la chicane, se mit à pleurnicher et courut se réfugier dans le giron maternel. Je jetai mon torchon à vaisselle en travers de la pièce pour sortir sur le perron avec un irrésistible besoin de respirer l'air libre du dehors.

À ma grande surprise, Cécile était plantée là, gênée de s'annoncer après avoir entendu notre conversation par la porte-moustiquaire. Pourtant, elle avait l'air surexcitée.

— Alice, tu ne devineras jamais !

— Quoi donc ?

— Une vendeuse a donné sa démission. Monsieur Carrier est prêt à te prendre, tu commences demain !

— Demain ? Oh, Cécile !

Folle de joie, j'aurais dansé dans la rue !

Chapitre 2

Les frères Lalancette

Ainsi, ce moulin à placoter d'Aimé-Louis avait raconté à Théo que j'avais un cavalier. Si la manœuvre visait à encourager son ami Théo à se déclarer, il lui avait rendu un bien mauvais service, le pauvre. Je supposai qu'il lui avait parlé de Patrice Lalancette. De qui d'autre ?

Mon frère tirait des conclusions hâtives à son propos. Tout avait commencé un fameux samedi où Aimé-Louis était arrivé chez nous dans un état d'ivresse avancé. Sans l'aide des frères Lalancette, il aurait sans doute passé la nuit à dessoûler dans un fossé.

Ce soir-là, Cécile et moi revenions du Théâtre populaire où jouait *Dr. Jekyll and Mr. Hyde*, un film d'épouvante. Malgré les sous-titres entièrement en anglais, nous avions hurlé devant les images terrifiantes accompagnées de musique macabre jouée par mademoiselle Laforest, la pianiste du théâtre. Et comme toujours après ce genre de représentation, nous nous trouvions ridicules d'avoir été impressionnées par des scènes aussi invraisemblables.

— Le maquillage de l'acteur, ça se voyait !

— Tout de même… Ces grandes capes noires, ces chapeaux hauts de forme et la pauvre fille qui tremblait… Brrr, c'était épeurant !

— Viens chez nous prendre un verre de liqueur, proposai-je à Cécile en espérant qu'il reste du *ginger ale*. Albert te raccompagnera chez toi plus tard.

C'était une de ces belles soirées de juillet faites pour savourer l'instant présent. La douceur du temps allégeait les cœurs et nous déambulions dans la rue Racine, les épaules à peine couvertes de châles de soie vendus chez Carrier, jolis, bien que totalement inutiles tant il faisait chaud.

Ah ! Ces instants d'insouciance avec Cécile ! Petits bonheurs indicibles qui ne pouvaient arriver qu'en ville.

Dans la cuisine de la rue Morin, mes parents, Albert et Adélard jouaient aux cartes, à la poule, le jeu préféré de la famille. Alphonse avait disparu, sans doute en train de fomenter un mauvais coup. Quand j'ouvris la porte-moustiquaire, ma mère venait de glisser une carte sous sa cuisse. Mon père s'en indignait :

— Calvaise, Marie, tu triches !

— Le dix de pique a disparu depuis deux tours, avait renchéri Albert, sarcastique.

Ma mère trichait aux cartes, c'était plus fort qu'elle. Plus tard, elle prétendrait que c'était à son tour de battre et les cartes « égarées » réintégreraient le jeu. L'incorrigible jouait « poitrine », c'est-à-dire les cartes tellement près du corps qu'elle repoussait sa chaise sur ses pattes arrière pour voir son jeu. Les yeux pétillants de malice, de petits gloussements sortaient de ses lèvres retroussées.

— Vous n'avez pas honte, ma tante ? l'avait taquinée Cécile, que le « vice » de ma mère amusait.

— Elle connaît pas ça, la vlimeuse! s'impatientait mon père.

— Mauvais perdant! J'ai une poule! avait lancé la tricheuse, annonçant ainsi qu'elle était en mesure de faire la série de levées gagnantes.

Frustré, Adélard avait rejeté ses cartes. Au même moment, un bruit curieux s'était fait entendre dehors.

— Une voiture à gazoline!

Albert s'était précipité sur le perron. Nous l'avions tous suivi pour voir cet événement extraordinaire: le passage d'une automobile pétaradant dans la rue Morin. Fait encore plus rare, la voiture décapotable d'un rouge rutilant s'était immobilisée devant chez nous… Aimé-Louis à son bord.

Le conducteur était un tout jeune homme, avec à ses côtés son frère visiblement plus âgé; leur ressemblance ne permettait aucun doute sur leur parenté. Le véhicule arrêté, le passager sur la banquette, un grand gaillard au visage rieur, s'était empressé de sortir pour venir au secours d'Aimé-Louis, dont les efforts maladroits pour s'extirper de la voiture avaient aussitôt déclenché les rires.

Je m'étais avancée pour aider l'inconnu pendant que mon frère beuglait:

— Chante encore, Patrice. Allez, chante! Tu devrais l'entendre, ma sœur, c'est beau à pleurer:

Belle nuit
Ô nuit d'amour
Souris à nos ivresses…

Le jeune homme s'était bouché les oreilles.

— Oh, misère! Massacrer ainsi la *Barcarolle*!

— Une vieille poulie rouillée…, avais-je renchéri, hésitant entre rire et rabrouer mon frère.

Nos tentatives pour le maintenir sur ses deux jambes vouées à l'échec – Aimé-Louis était plus mou qu'un tas de guenilles –, nous avions éclaté de rire. Mon frère s'était écroulé sur le sol. L'instant d'après, tout en s'efforçant de se relever, il avait entrepris de faire les présentations de son élocution empâtée :

— Mon ami Patrice. Figurez-vous qu'il peut grimper trois cents pieds dans les airs sans avoir le vertige. Lui et son frère ont du sang indien… C'est ça, la raison. Patrice, voici ma sœur Lauretta… Oups ! T'es mieux de l'appeler Alice, si tu veux pas qu'elle t'arrache les yeux. Tout un caractère ! Je pourrais t'en conter des belles une soirée de temps.

— Tais-toi, tu vas ameuter tout le quartier. Tes histoires d'ivrogne, on ne veut pas les entendre, le grondai-je, retenant un nouveau fou rire.

— Et voici ma cousine, une vraie fille de la ville ! en rajouta encore mon frère.

Cécile, déjà pliée en deux, y alla d'une révérence amusante au dénommé Patrice.

— Allez, Lalancette, une chansonnette pour ces demoiselles !

Mon frère s'effondrait à chaque pas ; mon aide ne servait à rien. Albert s'était approché pour prendre ma place.

— Laissez-nous faire, mademoiselle Gagnon, approuva le grand Lalancette.

Je fus déconcertée par son ton courtois ; l'ami de mon frère semblait avoir gardé tous ses esprits. Les autres, sur le perron, se régalaient du spectacle, comme si le fait d'être soûl mort constituait un exploit. Je tentai de secouer Aimé-Louis.

— Ça suffit ! Tu nous as fait assez honte, m'emportai-je.

— Dispute pas, Lauretta ! Il y a pas de mal à jeunesser en prenant un p'tit coup avec des amis. Monsieur Lalancette comprend ça, lui.

C'était bien là notre sainte mère, pleine d'indulgence pour ses fils. Elle-même ne se refusait pas un doigt de fort de temps en temps. Par contre, Patrice Lalancette n'avait pas apprécié de passer pour un soûlon.

— Les Lalancette sont des tempérants, madame Gagnon. Pas une goutte d'alcool. En plus, je ne fume pas.

— Vous êtes donc sans défauts ! ricana ma mère. Je voulais pas vous offenser.

— Vous êtes bien aimable d'avoir ramené mon frère, avais-je dit précipitamment. On s'excuse pour le dérangement.

— Le plaisir est pour moi, mademoiselle Gagnon, puisqu'il m'a permis de faire votre connaissance. Vous saviez qu'au chantier, Aimé-Louis ne cesse de chanter vos louanges ?

Ses yeux clairs souriaient, accentuant ses rides d'expression.

— Méfiez-vous ! Vous avez entendu comme il sonne faux.

— Maintenant que je connais la famille, j'espère que nous nous reverrons… mademoiselle Gagnon.

« Mademoiselle Gagnon… » Prononcés par cette voix chaude, ces simples mots me firent frémir, comme si une longue vague me parcourait l'échine.

— Beau garçon ! avait conclu Cécile au moment où l'automobile tournait le coin.

— Il te plaît ?

— Et toi ?

— Il ne faudrait quand même pas qu'il se fasse des idées, le grand Lalancette !

Les frères Lalancette, les compagnons de travail d'Aimé-Louis au barrage de Portage-des-Roches, venaient du Grand-Brûlé, une paroisse au sud-est de Chicoutimi. La semaine, mon frère pensionnait chez eux. Je n'en savais pas plus. Et je n'avais pas cru les revoir de sitôt.

Le lendemain matin, un dimanche, Cécile et moi nous rendions à la grand-messe. Munie de mon missel et de mon chapelet, je maugréais sur le fait qu'il était difficile de prier dans ce qui nous tenait lieu d'église.

Car la cathédrale, reconstruite après le grand feu et inaugurée en grande pompe en 1915, avait de nouveau été consumée par un violent incendie au mois de janvier 1919. J'en avais pleuré ! Une si belle église, avec mille fois plus de magnificence que la première ! Sa façade se dressait fièrement sur le Saguenay. Ses superbes vitraux avaient volé en éclats. Le fameux Rubens, qui avait échappé aux flammes du premier feu, était irrémédiablement perdu. Perdu également un autre tableau commandé spécialement pour la nouvelle cathédrale : l'*Assomption de la Sainte Vierge*, œuvre du peintre canadien Charles Huot. N'étaient restés que des murs et les deux clochers, triste spectacle qui vous arrachait le cœur. La beauté était-elle donc toujours condamnée à être réduite en cendres ?

La salle communautaire servait temporairement de lieu de culte, ni plus ni moins qu'un hangar dont l'atmosphère n'était guère propice au recueillement. Distraite durant le sermon, j'avais l'air d'une girouette. Plusieurs bancs derrière nous, j'aperçus Patrice Lalancette, qui me fit un petit signe de la main.

— Regarde qui est là, avais-je chuchoté à Cécile.

— Qu'est-ce que je t'avais dit hier ? Tu lui es tombée dans l'œil.

— Et pourquoi pas toi ? C'est plutôt ton genre, non ?

Des « chut ! » autour de nous mirent un terme à nos placotages.

Après la messe, il fallait s'y attendre, le grand Lalancette vint nous voir pendant que son frère l'attendait, appuyé sur la voiture à se rouler une cigarette. Je dus me l'avouer, il ne manquait pas d'allure. Il avait délaissé la casquette de la veille pour un élégant canotier et des guêtres grises recouvraient ses chaussures bien cirées. Même Alphonse, qui se donnait des airs, aurait été incapable de porter aussi aisément un costume trois pièces.

— C'est la première fois qu'on vous voit à la messe ici, à Saint-François-Xavier.

— C'est possible, mademoiselle Gagnon, puisque nous sommes du Grand-Brûlé. Toutefois, il m'arrivait de venir entendre l'orgue Casavant avant que ne survienne le dernier incendie. Ma foi, ces jours-là, vous n'y étiez pas, parce que je m'en serais souvenu.

Il se croyait sans doute irrésistible, avec son petit sourire… Je manifestai ma désapprobation à l'égard de ses prétentions.

— Ne faites pas le jars, monsieur Lalancette.

Sans réaction devant ma remarque, il poursuivit en montrant les échafaudages entourant l'église en reconstruction.

— Voyez, tous les espoirs sont permis. Le jour de votre mariage, la cathédrale aura retrouvé sa splendeur.

— Croyez-vous ? Sachez-le, je n'ai aucune intention de me marier !

À cette affirmation, mes joues s'étaient subitement empourprées. J'eus envie de disparaître sous terre ! Pourquoi n'avais-je pas tourné les talons plutôt que de demeurer figée sur place, songeant bêtement à l'emmanchure de ma robe que j'avais retouchée ? On pouvait voir la marque laissée par l'ancienne couture. Pourvu qu'il ne la remarque pas, j'en serais mortifiée. Heureusement, j'avais coiffé le chapeau bleu de fine paille tressée qui m'allait si bien.

— Vous avez donc couché en ville ? demanda Cécile.

— À l'hôtel Bellevue, celui de la rue Labrecque, mademoiselle Belley. Comprenez qu'hier, il était tard pour rentrer chez nous.

— Sainte-Bénite ! Une voiture, une nuit à l'hôtel... vous menez la grande vie.

— L'hôtel appartient à un St-Gelais, un natif du Grand-Brûlé. Pour dire vrai, un ami de la famille. Il nous traite aux petits oignons. Hein, Silvio ?

Quel duo étrange que les frères Lalancette ! Le plus vieux discourait pour deux, souriant à belles dents, alors que le plus jeune se contentait de hocher la tête en silence.

— Et votre automobile ?

— Vous êtes bien curieuse, mademoiselle Gagnon !

J'aurais eu mieux fait de me taire, car je me sentais encore virer au cramoisi. Quant à Cécile, j'avais eu beau lui faire signe qu'on devait partir, la démone faisait l'innocente, tandis que Patrice Lalancette se croyait autorisé à raconter sa vie.

— Notre mère est veuve. Après la mort du père, il y a deux ans, elle a tenu la terre à bout de bras. Sûr qu'on l'aidait, mais elle connaît ses garçons. Silvio et moi, c'est la mécanique, pas la terre. Elle vient de la vendre pour nous remettre notre part d'héritage.

— Pourquoi si jeune ?

— Pour que tout soit clair en cas de remariage.

— Et vous avez jeté votre argent aux cochons pour vous acheter une automobile !

— Regardez-moi cette beauté, mademoiselle ! Une Chevrolet 490 de 1918. Neuve, elle coûte six cents piastres ! C'est des bidous, ça. On l'a eue pour la moitié du prix d'un gars qui avait eu les yeux trop grands en passant chez Côté-Boivin. Pris à la gorge, le pauvre ! Nous avons sauté sur l'occasion. N'est-ce pas, Silvio ?

Le frère opina, le sourire fendu jusqu'aux oreilles. Moi qui économisais chaque sou, je restai sans voix.

— Je suis un drôle d'oiseau, mademoiselle Gagnon ! Il faut se permettre des folies, la vie est trop courte. On l'a appris, Silvio et moi, quand notre père est mort à cinquante ans. J'espère tout de même avoir réussi à dissiper la piètre opinion qu'ont pu vous laisser les frères Lalancette hier soir. À propos, comment se porte Aimé-Louis ?

— À lui seul, il empeste le salon avec son haleine de boisson.

— Et vous, allez-vous nous pardonner d'avoir fait autant de tapage ?

— Je n'y pensais plus.

— Tant mieux, conclut-il en faisant signe à son frère. Il nous faut partir, notre mère nous attend pour le dîner. Et comme les chemins ne sont pas plus beaux en automobile qu'en voiture à cheval, ça peut prendre deux heures. À la revoyure, mesdemoiselles.

Il avait agité son canotier en guise de conclusion à la conversation.

— Tu viens, Silvio ?

Son frère, qu'on aurait pu croire atteint de mutisme tant il n'ouvrait pas la bouche, avait touché du doigt cet affreux casque dont aimaient s'affubler les conducteurs d'automobiles. L'aîné s'employa à remonter le moteur de la voiture qui toussa et cracha sa boucane avant de s'élancer dans la côte de la rue Bégin. Les frères Lalancette disparurent dans un nuage de poussière.

— Bien habillé, commenta Cécile, éblouie. Puis poli à part de ça ! Avec une automobile en plus ! Tu viens de gagner le gros lot, Alice.

— Grand bien te fasse, Cécile. Prends-le donc, s'il te plaît tant que ça !

— Si seulement ses beaux sourires m'étaient destinés, je ne demanderais pas mieux que de tomber en amour, avait soupiré ma cousine.

— Pour ma part, c'est hors de question ! L'amour, Cécile, c'est une autre prison. Et moi, j'ai besoin d'air.

Chapitre 3

Vendeuse *À la mode*

L'épisode chez madame Dubuc avait été relégué dans les limbes des mauvais souvenirs, tout comme la demande de Théo. J'avais maintenant un emploi ! Vendeuse chez Carrier *À la mode*, ça changeait de la fricassée de patates !

Le son de mes talons pressés claquant sur les trottoirs de la rue Racine me ravissait depuis mon premier jour de travail au magasin. Enfin, j'avais le sentiment de maîtriser ma vie, exaltante sensation qui portait mes pas en haut de la côte jusque sous la marquise du magasin à rayons le plus réputé de la ville, avec ses belles vitrines garnies de longues tentures du plafond jusqu'au sol. Les passants pouvaient y admirer mon œuvre : un nouvel étalage de chapeaux !

Le matin, je poussais la porte du magasin et descendais le grand escalier pour retrouver *mon* comptoir de verre au rayon des nouveautés. Derrière les présentoirs, je respirais l'atmosphère fébrile du magasin, observant le manège des clients musardant d'un comptoir à l'autre à la recherche de l'article qui les comblerait. Ô bonheur, on m'avait affectée au rayon des chapeaux pour dames, moi qui me serais damnée pour un chapeau neuf.

Entre deux clientes, il m'arrivait de rêver. J'imaginais, par exemple, comment je disposerais les lieux si j'en étais la propriétaire. Tenir mon propre commerce, était-ce possible? Je conservais la bonne habitude d'économiser, amassant mon pécule pour plus tard. De quoi serait fait cet avenir? Je l'ignorais, sauf que je travaillais et que j'avais la ferme intention d'en récolter les fruits un jour. Pour l'instant, mon plus grand sujet de préoccupation était ce mignon chapeau cloche en feutre, une chose ravissante que j'avais habilement soustraite aux regards des clientes. Il ne manquait qu'un dollar à mes économies pour qu'il soit enfin à moi.

— Mademoiselle? Seriez-vous dans la lune?

Une élégante jeune femme montrant des signes d'impatience retirait ses gants. Elle n'était guère plus âgée que moi; toutefois, l'alliance à sa main gauche indiquait qu'elle était mariée.

— J'aimerais essayer celui-ci.

Elle désignait un charmant chapeau à large bord qui trônait avantageusement sur le présentoir.

— Avec plaisir, madame.

— Avez-vous un miroir?

De sous le comptoir, je fis apparaître un petit miroir sur pied dans lequel la cliente put se contempler. Sans être totalement satisfaite… Ses yeux curieux se mirent à fureter dangereusement dans tous les coins.

— Là, fit-elle en montrant une pile de formes en feutre. J'aperçois une bordure rouge vin, c'est exactement la couleur que je recherche.

Petit Jésus, non! À mon désespoir, elle désignait l'élu de mon cœur.

— Je ne vois rien, mentis-je.

— Avez-vous les deux yeux dans le même trou, mademoiselle ? Attendez que je vous montre.

D'autorité, elle allait passer derrière le comptoir. Et ce ton ! Elle me prenait peut-être pour sa servante ? À contrecœur, je déplaçai la pile pour libérer l'adorable cloche.

— Le voici enfin ! Il est tout simplement ravissant ! N'est-ce pas votre avis ? Pourquoi le cachiez-vous ?

— Je ne saurais vous dire…, balbutiai-je, dépitée.

Tu parles ! Tout de même, je n'allais pas la laisser repartir avec *mon* chapeau sans broncher.

— Il me semble que votre premier choix s'harmonisait à la perfection avec l'ovale de votre visage, que sa couleur mettait en valeur votre teint.

— Celui-ci laisse entrevoir mes yeux et me donne un air mystérieux. Vous ne trouvez pas ?

Mon chapeau sur la tête, elle se pâmait devant le miroir.

— L'autre vous allait mieux, grimaçai-je en y mettant toute la conviction dont j'étais capable. Et il coûte un dollar moins cher.

— L'argent n'a aucune importance. C'est décidé, je prends celui-ci.

Quelques instants plus tard, elle repartait avec son carton. Cécile délaissa aussitôt le comptoir des gants pour venir me retrouver.

— Je t'ai vue manœuvrer, Alice.

— Que veux-tu dire ?

— Ne fais pas l'innocente. Tu ne voulais pas lui vendre ce chapeau. Je me trompe ou il te plaisait ?

Je hochai tristement la tête.

— Quand on a de l'argent, on a le choix et on achète ce qu'on veut. Je jure, Cécile, que c'est la dernière fois que je convoite un objet sans avoir en main l'argent pour me le procurer.

Sans vouloir m'accabler de reproches, Cécile poursuivit néanmoins la leçon de vente :

— Apprends à dissimuler tes sentiments. La déception se lisait sur ton visage et la cliente était mal à l'aise. Surtout qu'il s'agissait de la jeune madame Dubuc, la belle-fille du roi de la pulpe ! Tu sais qui elle est ?

Évidemment que je le savais, tout Chicoutimi l'avait lu dans le *Progrès du Saguenay :* la jeune madame Dubuc était la fille de *sir* Adolphe-Basile Routhier, le juge, le gouverneur, l'auteur célèbre du chant patriotique *Ô Canada.*

— Imagine si Fanal huileux t'avait vue à l'œuvre, chère ! Tu n'aurais pas fait long feu ici.

J'en convins.

Dans ce royaume enchanté, il y avait une ombre, en l'occurrence Éphrem Côté, le gérant du magasin qui, tel un grand vizir, profitait de son poste de confiance pour venir nous picosser dès que monsieur Carrier avait le dos tourné. Surnommé Fanal huileux à cause de ses cheveux gominés, maigre à se casser en deux, il abusait d'une lotion capillaire à l'odeur persistante. En entendant son pas résonner dans le grand escalier, commis et vendeuses se pinçaient le nez en ricanant, d'autant qu'il venait généralement pour nous étriver. Peut-être parce que j'arrivais difficilement à dissimuler mes sentiments, comme l'avait si bien remarqué Cécile, j'étais devenue sa victime de prédilection.

— Mademoiselle Gagnon ? Qu'est-ce que vous dissimulez sous le comptoir ?

J'avais pourtant pris soin de bien cacher le paquet ficelé et enveloppé de papier brun.

— Du tissu et du drap pour rapporter chez moi.

— C'est interdit de faire ses emplettes personnelles durant les heures de travail.

Pourtant, tout le personnel se permettait ce véniel écart de conduite, discrètement, sans déranger les autres, Fanal huileux le premier. Il prenait un malin plaisir à me rabrouer devant mes collègues, et s'il pouvait me faire rougir, il était heureux.

— Vous allez remplacer mademoiselle Belley qui doit aller prêter main-forte à l'étage.

— Et qui va s'occuper de mon comptoir ?

— Vous ferez les deux. Et si vous êtes débordée, appelez-moi. Vous me verrez accourir.

— Ça ne sera pas nécessaire ! répondis-je, contrariée.

Je ne voulais pas l'avoir dans les pattes, ce vilain bonhomme. J'entrepris de replacer les différents gants dans la vitrine de Cécile.

— C'est donc ici que vous vous cachez ?

Je sursautai. Cette voix grave au timbre bien modulé, je la reconnus à l'instant même où je l'entendis.

— Monsieur Lalancette ! Je ne pensais pas vous revoir.

— Espériez-vous le contraire ?

— Qu'est-ce que vous faites ici, en pleine semaine ?

— J'ai pris congé. J'assistais aux noces de ma mère !

Je crus à une blague.

— Vous n'êtes donc jamais sérieux. Et qu'avez-vous fait de votre frère siamois ?

— Faites-vous subir un interrogatoire à chacun de vos clients, mademoiselle Gagnon ? J'ai besoin d'une paire de gants de cuir pour conduire. Vous en vendez, je crois ?

Encore ce sourire ! Et ce pétillement dans l'œil qui m'agaçait. J'en étais à me demander s'il était vraiment venu faire un achat ou seulement m'asticoter lorsqu'un effluve caractéristique m'avertit de l'approche de l'ennemi. Monsieur Côté se posta derrière le comptoir, l'air mauvais, comme s'il voulait me prendre en défaut.

— Un problème, monsieur ? demanda-t-il, l'air faussement préoccupé.

Pendant qu'il s'adressait au grand Lalancette, j'avais mis la main sur des gants de *kid* que je déposai devant mon « client ».

— Au contraire, votre vendeuse s'est empressée de me servir, mais comme vous nous avez interrompus au moment où j'allais lui mentionner ma pointure, la paire qu'elle m'offre est trop petite. Pour mes grosses paluches, chère demoiselle, il faut du dix.

Et le plaisantin de m'adresser un clin d'œil ! Le gérant jubilait :

— Mademoiselle Gagnon, je suis dans l'obligation de rapporter à monsieur Carrier que vous recevez votre cavalier à votre lieu de travail.

— Ce n'est pas mon cavalier ! C'est à peine si je le connais.

— Vous avouez donc que vous le connaissez.

— Je n'ai aucun cavalier ! Ni ce monsieur ni un autre.

— Je confirme que je n'ai pas cet honneur, précisa mon « client » qui retenait un sourire.

Ne voyait-il pas, ce grand nigaud, qu'il me mettait dans le trouble ? Eh non ! Il faisait comme si de rien n'était :

— Voyez plutôt comment mademoiselle Gagnon connaît la marchandise et fait montre de bon goût. La finesse de ce cuir de chevreau, c'est l'idéal pour tenir un volant l'été.

La suspicion avait quitté la face luisante du gérant quand Cécile vint reprendre son poste.

— Monsieur Lalancette ! Ça me fait plaisir de vous revoir.

— Ah ! s'exclama le gérant, la mine victorieuse. Vous êtes une belle menteuse, mademoiselle Gagnon. Vous prétendez ne pas connaître ce monsieur que votre cousine appelle par son nom.

— Ça parle au diable ! s'indigna Patrice. Tout ça pour une paire de gants que j'ai décidé de venir acheter chez Carrier. Certes, mademoiselle est une connaissance. Puisque vous y trouvez à redire, la prochaine fois, j'irai chez Gagnon et Gaudreault, c'est la porte à côté.

Il se tourna vers Cécile.

— Je vais prendre une paire comme celle-ci. Taille dix, mademoiselle Belley.

Puis, humant l'air ambiant :

— Il y a comme une odeur de bête puante, vous ne trouvez pas ?

Il se tourna vers le gérant :

— Lotion après-rasage ? Gel à cheveux ? Hum, je ne saurais dire, mais je plains vos vendeuses. Je vous suggérerais d'en changer, monsieur.

Offusqué, monsieur Côté tourna les talons. Tout en retenant un fou rire, Patrice Lalancette paya son achat. Dieu merci, l'heure de la fermeture approchait. Pour la première fois, j'avais hâte de sortir d'ici.

— Fais attention, Alice ! Fanal huileux t'a dans sa mire…

Le tempérament conciliant de ma cousine m'exaspérait.

— Il aime qu'on lui mange dans la main, ce n'est pas mon genre.

— Ce n'est qu'un gérant, un pauvre gars, dans le fond.

Un peu plus et elle l'excusait.

— Faut bien que je m'en accommode si je veux garder mon poste! soupirai-je. Si Patrice Lalancette se retient de revenir au magasin, ça va aider.

— Zut!

Cécile levait les mains au ciel.

— J'ai oublié mon sac à main. Attends-moi, j'en ai pour une minute.

Et elle disparut à l'intérieur du magasin pendant que je faisais le pied de grue.

— Comme j'aimerais encore entendre mon nom de votre jolie bouche… Alice et Patrice, aviez-vous remarqué, ça rime?

— Vous êtes encore là?

Il examinait la vitrine voisine, voilà pourquoi je ne l'avais pas vu. Il se mit à rire, nullement impressionné.

— Permettez-moi de vous raccompagner pour me faire pardonner d'avoir mis votre emploi en péril. J'en suis désolé. Ce genre de petits *boss*, ce sont les pires.

— Et là, en plus de mon emploi, vous voulez me faire perdre ma réputation? Seule avec un inconnu dans la rue…

— Dans la rue Racine? Nous ne sommes pas à la campagne, ici. D'ailleurs, personne n'oserait douter de votre réputation.

Il me détailla discrètement. Ma robe d'été de couleur claire, mes escarpins suffisamment confortables pour travailler de longues heures debout tout en ne sacrifiant rien à l'élégance…

— Avez-vous fini de me dévisager? C'est gênant.

— Je ne voulais pas. Je gardais simplement le souvenir de votre petit chapeau bleu…

— N'empêche, je rentre avec ma cousine Cécile.

— Attendons donc *ma-cousine-Cécile*. Que je trouve charmante. Un caractère égal, toujours de bonne humeur. Permettez-vous que je porte votre paquet ?

— Ce ne sera pas nécessaire.

Cécile sortit enfin.

— Vous êtes encore en train de vous disputer, vous deux ?

— Je ne dispute pas, j'haïs ça attendre, plantée comme un piquet sur le trottoir.

Patrice s'avança :

— Mademoiselle Belley, si vous ne craignez pas de perdre votre réputation, prenez mon bras. Votre cousine accepte que je fasse un bout de chemin avec vous.

— Avec joie, monsieur Lalancette.

— Voyons, Cécile, ça ne se fait pas !

Il l'entraîna pourtant, et je me retrouvai bêtement à les suivre, mon paquet sous le bras. Je bouillais de colère tandis que Cécile, curieuse comme la mère Maltais de l'Anse-aux-Foins, avait tout un questionnaire.

— Et votre frère, qu'en avez-vous fait ?

— Silvio fait du taxi en ville. Ça nous aide à rentabiliser l'automobile. Mon frère adore conduire, je le laisse faire, ça l'occupe.

— C'est vrai que vous avez du sang indien ?

— Comme bien du monde au Saguenay, par ma mère… Sa grand-mère était une métisse montagnaise, une MacKenzie. Ça ne me gêne pas de le dire.

— Comme ça, votre mère s'est remariée aujourd'hui ? poursuivit l'indiscrète.

— Avec un cultivateur, un veuf de la paroisse de Saint-Alphonse à Bagotville.

— Et vous et votre frère ? Vous déménagez à Saint-Alphonse ?

— Hors de question ! C'est trop loin du chantier. C'est notre oncle François qui a racheté la terre paternelle et nous avons notre place chez lui. Lui et notre tante Hélène n'ont pas eu d'enfants, et ces deux-là ont toujours pris soin de nous. Pour tout dire, Silvio et moi, on est trop vieux pour s'entendre avec un beau-père.

— Vous disiez aimer la mécanique, s'intéressa Cécile.

— J'ai fait un cours de mécanicien grâce à la générosité de mon oncle. Actuellement, j'étudie le soir pour devenir ingénieur stationnaire.

— Ingénieur stationnaire ? Ç'a l'air sérieux. Il y a beaucoup de travail dans cette profession-là ?

— En masse ! Les ingénieurs stationnaires sont les spécialistes des chaudières à vapeur, on a besoin de leurs compétences dans les nouvelles usines et les barrages hydroélectriques. Vous savez, on parle de reconstruire en neuf le vieux barrage de Portage-des-Roches afin d'augmenter sa capacité de production. Du travail pour moi pendant deux ou trois ans. Et au nombre de cours d'eau dans la province de Québec, je prédis que des ouvrages hydroélectriques, il s'en construira bientôt par dizaines. Je n'ai aucune inquiétude pour mon avenir !

— Ce sont pourtant les Anglais qui construisent les barrages, pas les Canadiens français

— Détrompez-vous, mademoiselle Belley. Les Américains fournissent les capitaux, mais l'ingéniosité fait partie de la nature canadienne-française, Dieu nous en a pourvus. Regardez monsieur Dubuc, il a réussi à construire son usine, n'est-ce pas ? L'éducation, c'est ça le secret, alors moi, j'ai décidé de m'instruire.

— Parlez-vous anglais ? demanda encore Cécile.

Oh ! Qu'elle commençait à me tanner avec ses battements de cils et toutes ses questions au « cher » monsieur Lalancette.

— *Sure, miss Belley ! I speak English very well.*

Coudon ! Avaient-ils l'intention de se rendre ainsi jusqu'à la rue Morin ? Bavardant comme de vieux amis, ils m'avaient complètement oubliée. C'était fort déplaisant, au point que mon petit démon intérieur se mit à gronder. Pas que j'étais jalouse de voir qu'il s'intéressait à ma cousine… Simplement, je voulais lui montrer que moi aussi, je pouvais faire la conversation.

— Vos études, monsieur Lalancette, ce sont des cours du soir ? Je vais en parler à mon frère Albert, je pense que ça l'intéressera. Je l'ai toujours encouragé à s'instruire.

Petit Jésus, qu'est-ce qui me prenait de me vanter comme ça ?

— C'est tout à votre honneur, mademoiselle Gagnon. Les études, c'est l'avenir. Votre frère vous remerciera plus tard, autant que je suis reconnaissant à mon oncle François et à ma tante Hélène de payer mes cours. Et vous, formez-vous des projets d'avenir ?

— J'en ai, qu'est-ce que vous pensez ?

J'allais brandir mon paquet pour lui révéler que la pièce de drap qu'il contenait allait grossir le trousseau que je préparais en vue de mon départ de la maison paternelle. Pourquoi donc, à cet instant précis, me retrouvai-je avec un sanglot coincé dans la gorge ? Cécile vint à mon secours.

— Alice aurait voulu continuer l'école, mais ses parents n'ont pas voulu. Ça l'a même rendue malade.

— Vous avez eu de la peine à ce point ?

Oh, Dieu ! Je ne voulais pas voir une once de pitié dans ses yeux. Surtout pas de lui. Petit Jésus ! Je relevai la tête et affirmai avec force :

— Je travaille, je ramasse mon argent.

— Fort bien ! répondit-il, plein de tact, car il me voyait blessée. Vous avez un compte d'épargne à la banque Molson ou à la caisse populaire ?

— Il me faudrait pour ça la permission de mon père. Et j'évite autant que possible de lui donner l'occasion de mettre son nez dans mes affaires.

J'avais bien sûr une nouvelle cachette, une boîte de métal que Cécile acceptait de conserver dans un tiroir de sa commode. Inutile de révéler ce qui m'obligeait à dissimuler mes économies à ma famille ; ça ne regardait pas monsieur Lalancette.

— Je vois que j'ai de la chance.

— À cause vous dites ça ?

— Ma mère est une femme à l'esprit moderne. En nous remettant notre part d'héritage, elle nous a ouvert à chacun un compte à la caisse populaire. Et elle a signé une procuration nous autorisant à faire nos transactions.

Cela piqua ma curiosité :

— Vous ne pouvez pas signer sans la permission de votre mère ? Vous n'avez pas l'âge ?

— J'aurai dix-neuf ans au mois de novembre.

— Vous n'avez que dix-huit ans ?

Confondues, Cécile et moi échangeâmes un long regard.

Depuis le premier jour, l'âge de Patrice Lalancette nous intriguait. Nous avions soupesé tous les indices : carrure, indépendance d'esprit, manières, pour en venir à la conclusion qu'il devait avoir au moins vingt et un ans, l'âge de la majorité, celui que nous considérions comme acceptable pour toute fréquentation amicale ou autre avec une personne du sexe opposé. Un homme plus jeune ne pouvait mériter notre attention.

Voyant notre stupéfaction, il éclata de rire, le faraud !

— Cela vous cause un problème, mademoiselle Gagnon ?

— Aucun ! Après tout, vous êtes un ami de mon frère. Que vous soyez de son âge plutôt que du mien, c'est normal.

Patrice Lalancette, son âge, ses cours à l'école du soir… Je m'en moquais comme de l'an quarante ! Dans ce cas, pourquoi ce petit pincement ? Que tout ça était donc achalant ! Et qu'ils s'en aillent ailleurs, Cécile et lui, je ne supportais plus de les voir. Nous arrivions à la rue Morin, je les plantai là pour disparaître dans la maison, mon paquet sous le bras.

Chapitre 4

Une soirée musicale

— Ça fait longtemps que les Lalancette ne sont pas venus faire leur tour, remarqua Cécile.

Cette fin septembre était exceptionnellement chaude et humide. Le jour, les vêtements nous collaient à la peau comme en plein mois de juillet et il fallait attendre jusqu'à six heures du soir pour bénéficier d'un peu de fraîcheur.

— Deux semaines.

— Tu comptes les jours, Alice ?

— Fais donc pas simple !

J'étais revenue de ma colère de l'autre jour, et plusieurs fois au courant de l'été, nous avions eu la visite des frères Lalancette – le plus souvent à l'improviste… et c'était toujours plaisant. Ils apportaient un tel vent de gaieté chez les Gagnon !

Patrice – intérieurement, je l'appelais simplement Patrice, son prénom restant tapi dans un coin de ma tête sans jamais sortir de ma bouche – … Patrice, donc, se comportait comme si la vie était un grand terrain de jeu sur lequel il s'amusait allègrement. Il possédait le don de me surprendre et même… de me faire rire.

C'était samedi. Au Théâtre populaire, on projetait des films de Charlie Chaplin. Qu'elles étaient agréables, ces heures bienheureuses passées loin des tâches ménagères ou des responsabilités du travail ! Après les projections, Cécile et moi, assises sur les marches du perron, une petite serviette sous les fesses pour ne pas salir nos robes de sortie, profitions de la douceur du temps en sirotant un *ginger ale*. Nous échangions nos impressions sur les vues au programme : *Une vie de chien* et *L'émigrant*.

— Charlie Chaplin me déprime parce qu'il y a toujours de la grosse misère dans ses films ! Des personnages qui manquent d'argent et meurent de faim. La fin d'*Une vie de chien*, je n'y crois pas. Acheter une terre, son rêve ? À voir comment il s'y prend pour semer son champ, on voit tout de suite qu'il ne connaît rien à l'agriculture !

Cécile éclata de rire.

— Au contraire, Charlot m'amuse. J'aime le burlesque. La scène où il soutire de l'argent au buveur de bière est très drôle.

— J'ai bien ri moi aussi. L'actrice est tellement belle !

— Edna Purviance ? Tu crois que c'est sa blonde ?

— C'est possible. Dans le journal, on raconte qu'ils ont tous les deux déjà divorcé. Personne ne s'en scandalise… Le monde des artistes, ce n'est pas comme nous autres.

Un son devenu familier s'immisça dans nos grandes réflexions sur les acteurs de cinéma : une Chevrolet rouge tournait le coin de la rue.

— Tiens, voilà ton prétendant, Alice, blagua Cécile.

— À mon avis, c'est toi qui l'intéresses, répondis-je avec un regard en biais. Tu as tout pour plaire. Moi, avec mon caractère, maigrichonne et pas jolie pour deux sous, personne ne me remarque.

Ma cousine était une si jolie fille, cheveux et yeux plus clairs que les miens, toujours une belle façon, aimable et bien mise !

— De toute manière, je ne veux pas me marier, ajoutai-je en haussant les épaules.

— Il n'y a pas pire aveugle que celle qui ne veut pas voir, glissa Cécile. D'abord, tu as fière allure. Et un homme comme Patrice Lalancette est attiré par une femme qui a du tempérament. Je ne me fais aucune illusion à ce sujet, je suis bien trop douce pour lui.

D'un geste de la main, je balayai les propos de ma cousine. La voiture venait de se garer et Patrice en extirpait un objet étrange : une boîte carrée en bois verni, dotée d'une manivelle et d'un immense cornet que nous reconnûmes aussitôt.

— Un gramophone !

— Pas n'importe lequel ! Un Berliner, mesdemoiselles. Acheté à Montréal.

— À Montréal ? Ça explique pourquoi on ne vous voit plus en ville.

— Vous vous êtes ennuyée, mademoiselle Gagnon ?

Il affichait son damné petit sourire en coin !

— Pantoute !

Même sous la torture, jamais je n'aurais avoué que j'attendais ses visites. Il décocha un clin d'œil complice à son frère.

— Tu viens, Silvio ?

Avec un air tout aussi malicieux, le jeune Lalancette portait de grandes enveloppes brunes de forme carrée.

— Petit Jésus ! m'exclamai-je tandis que nous les suivions à l'intérieur de la maison. Que de mystère !

Dans la cuisine, sous l'unique ampoule suspendue au-dessus de la table, ça jouait aux cartes en buvant un petit *drink*. Les joueurs, autant de paires d'yeux dévorés de curiosité, rassemblèrent leurs cartes pour faire place au gramophone que Patrice déposa fièrement sur la table.

— Hé, Lalancette, où t'étais passé ? demanda Aimé-Louis. Une grosse semaine sans te voir au chantier. Et impossible de tirer un mot de Silvio.

— J'avais affaire à Québec, et j'ai décidé de pousser jusqu'à Montréal.

— Avec votre voiture à essence ? demanda Adélard.

— Niochon ! se moqua Alphonse. Il a pris le train. Faut des jours pour aller à Québec par la route.

— Et je peux vous affirmer que c'était toute une affaire que de rapporter cette énorme chose de Montréal à Chicoutimi en train.

— Si ce n'est pas trop indiscret à demander, que faisiez-vous à Québec ?

— Passer ma certification d'ingénieur stationnaire, mademoiselle Gagnon. Avec succès, si vous tenez à le savoir.

— Félicitations !

J'étais impressionnée.

— Tu vois, Albert, que ça vaut la peine de travailler fort !

— Ça y est ! Mère supérieure reprend sa litanie, s'énerva Alphonse. "Monsieur Lalancette va à l'école", "Monsieur Lalancette a un bon travail"...

— Arrête ton cheval, Alphonse, l'intima Aimé-Louis. Elle a raison, notre sœur. Au lieu d'être jaloux d'Albert, prends exemple sur lui et retrousse tes manches.

— Vous me citez en exemple, mademoiselle Gagnon ?

Ces yeux clairs et ce sourire... Mosus d'Alphonse ! À cause de lui, je sentais une atroce chaleur me monter au visage. Je me mis à farfouiller dans l'armoire, sous prétexte de chercher des verres propres.

Patrice adopta un ton énigmatique:

— Vous savez ce que j'ai fait à Québec; maintenant, demandez-moi ce que je suis allé faire à Montréal... la métropole du Canada...

— Suffit d'attendre, tu vas nous le dire, Lalancette, lança mon père, toujours acerbe quand il s'agissait de Patrice.

Ma mère était plus diplomate:

— Je vous la pose, moi, la question. Qu'avez-vous fait de si extraordinaire à Montréal?

— Extraordinaire, c'est le bon mot pour décrire le récital de Caruso à l'aréna Mont-Royal!

— Le ténor italien? demanda ma cousine.

Cécile et moi avions les yeux grands comme des soucoupes. Le célèbre Caruso faisait une tournée au Canada, nous l'avions lu dans le journal.

— Avant de nous conter ça, il vous faut un petit verre de gin.

Encore ma sainte mère qui s'était mis en tête que l'abstinence, pour un garçon du gabarit de Patrice, était un travers à corriger. Heureusement, notre visiteur n'était pas du genre à se faire entourlouper.

— Madame Gagnon! Si vous tenez absolument à me corrompre, je ne dirais pas non au *ginger ale*.

— Lauretta va vous servir si vous arrêtez de nous faire languir! lui répondit-elle.

Je remplis des verres pour tout le monde pendant que Patrice commençait son récit:

— Imaginez: dix mille personnes à l'intérieur de l'aréna Mont-Royal.

— Tu veux rire de nous autres, Lalancette! La population de Chicoutimi au grand complet dans un seul aréna! protesta mon père.

— Il y avait même des gens massés à l'extérieur où des haut-parleurs permettaient d'entendre, monsieur Gagnon. C'était écrit dans *La Patrie* du lendemain. Voyez par vous-même, lui montra-t-il en tirant une page de journal pliée de la poche intérieure de son veston.

Cécile lut les premières lignes de l'article :

— *Caruso a chanté devant dix mille spectateurs. Ému par la foule et la chaleur, il eut un moment de vertige à la fin du programme. Un succès triomphal sans précédent.*

— Eh bien, commentai-je, c'était tout un événement !

— Tout le monde était chic, continua Patrice. Les messieurs plastronnés, les dames avec des robes qui montraient leurs épaules. Il y avait même des enfants. Un monsieur, grand amateur de *bel canto*, était avec son fils d'une dizaine d'années que, pendant un moment, il avait fait grimper sur ses épaules. J'ai même offert de prendre le garçon pour soulager le père. Ce qui ne m'a pas empêché d'applaudir à tout rompre. Caruso, vous vous rendez compte ! Une voix chaude, un rayon de soleil venu d'Italie. Des airs français, italiens, anglais… L'entendre chanter l'air de *Paillasse*. Triste à pleurer, mais ô combien magnifique ! J'en ai encore des frissons. J'ai apporté mon gramophone pour vous le faire entendre. Silvio, mes disques !

Patrice retira avec précaution un premier disque de sa pochette de papier pour le déposer sur le plateau de l'étrange appareil qu'il remonta avec la manivelle avant d'installer le bras et son aiguille sur le premier sillon. La musique envahit la pièce ; la voix du grand ténor s'éleva, incroyable, comme s'il était ici dans notre modeste cuisine à chanter un air d'opéra juste pour nous. C'était beau comme un miracle ! Même les plus jeunes se turent pour écouter, émerveillés tout autant que je l'étais. J'observais Patrice qui, lui, ne regardait personne. Les yeux mi-clos, il se laissait imprégner par la musique, un grand sentiment de plénitude se peignant sur son visage. Lui et sa musique réussirent à m'émouvoir.

— Quel est le titre de l'air ?

— *Una furtiva lagrima*, de Donizetti. Ça vous a plu ?

— Il y a d'autres disques ?

Les yeux brillants, il posa un nouveau disque sur le plateau du gramophone. La voix de Caruso s'éleva à nouveau :

Pour un baiser sur ta peau parfumée
Pour un baiser dans l'or de tes cheveux
Reçois mon âme toute, ô bien-aimée !
Tu comblerais l'infini de mes vœux… Par un baiser !

Que d'intensité ! J'étais troublée comme si c'était à moi que s'adressaient ces paroles.

— Je me disais, mademoiselle Gagnon, que vous aimeriez cette chanson, murmura alors Patrice.

— Oh, vous ! fis-je, agacée.

Il ouvrit les yeux, son regard croisa le mien et je détournai la tête.

— Le grand Caruso ? Ça, par exemple !

Accaparée comme je l'étais par mon travail et les tâches ménagères, ajoutant à tout cela les sorties en ville avec Cécile, mes visites à Philou s'espaçaient. Pourtant, quand je la retrouvais, notre intimité d'autrefois reprenait ses droits et j'avais toujours un tas de choses à lui raconter. Cette fois-ci, elle eut droit à une description en long et en large de notre soirée musicale.

— Il a couché à l'hôtel Windsor. Il s'est promené en tramway, tu sais, les petits chars électriques ? Quatre tickets pour vingt-cinq sous. Le lendemain, il s'est rendu rue Sainte-Catherine pour acheter un gramophone et des disques. Une vraie folie ! Deux dollars pour un record. Tu te rends compte, Philou ?

— Tu vois, mon Alice. Pour connaître le vaste monde, il n'est pas nécessaire de partir loin.

Je soupirai, l'esprit ailleurs.

— Tu te rappelles quand, toutes les deux, on rêvait sur le quai de l'Anse-aux-Foins ?

Le silence s'installa sur nos souvenirs avant d'être rompu par Philou.

— Quel surprenant garçon, ton monsieur Lalancette !

— Ce n'est pas *mon* monsieur Lalancette ! Il s'intéresse à Cécile.

— Ça te déçoit ?

— N'insiste pas. Je crois même qu'il fera bientôt sa demande.

— Si Cécile l'intéressait, il irait plutôt veiller chez les Belley, non ?

Sœur Sainte-Blandine conserva un silence monastique, mais sous la guimpe, le visage familier m'interrogeait.

— Oh, laisse tomber ! C'est trop compliqué !

Je nageais en pleine confusion.

Chapitre 5

Un chapeau qui dégringole…

À la mi-novembre, une bordée de belle neige floconneuse avait transformé la ville en image de carte postale. Décor de rêve aussitôt anéanti par d'interminables jours de pluie froide mêlée de neige mouillée. Malgré le trajet parcouru en autobus, Cécile et moi arrivions au travail transies de froid, incapables de réchauffer nos pauvres os auprès du poêle dont les tuyaux dispensaient une chaleur inégale. Les guirlandes et les décorations de Noël, tout comme le petit sapin chargé de boules brillantes, avaient pour mission de chasser la grisaille et d'attirer la clientèle vers nos comptoirs bien garnis. Ces efforts donnaient encore peu de résultats, et début décembre, le gérant commença à devenir nerveux. Il nous poursuivait de ses récriminations, comme si nous, le petit personnel, étions les grands responsables du manque d'achalandage. Pourvu que je ne perde pas mon emploi ! C'était mon seul souhait.

Ma cousine, à qui je confiai mes craintes, me rassura :

— Dans quelques jours, beau temps, mauvais temps, les clients vont se présenter en troupeau pour leurs achats des fêtes. Tu verras, toi et moi allons courir d'un rayon à l'autre sans avoir le temps de souffler.

Nous étions quelques-uns à bavarder tranquillement quand un bruit de pas familier claqua dans le grand escalier. Cécile murmura :

— Fanal huileux !

Commis et vendeuses regagnèrent immédiatement leur place. Le gérant transportait un carton à chapeau avec un air tellement solennel qu'on aurait pu croire qu'il s'agissait du présent d'un roi mage à Jésus. Il n'était pas seul : deux dames le suivaient. Je reconnus la jeune madame Dubuc, la cliente à qui j'avais vendu le chapeau cloche il y avait quelques semaines ; elle était accompagnée de sa belle-mère… l'autre madame Dubuc, celle qui m'avait traitée de manière si hautaine autrefois. Du palier de l'escalier, la jeune dame promena son regard entre les différents rayons puis l'arrêta sur moi.

— C'est elle ! s'écria la jeune cliente en me pointant d'un doigt accusateur.

En trombe, le trio traversa le magasin pour aboutir devant mon comptoir. Le gérant sortit de la boîte l'adorable cloche qui n'était plus qu'une chose informe. Qu'était-il arrivé au chapeau si mignon qui m'avait fait rêver pendant des semaines ?

— Reconnaissez-vous les faits, mademoiselle Gagnon ? m'interrogea le gérant, comme si j'avais accompli un abominable méfait.

— Vous voulez dire, si je reconnais ce chapeau ? Bien sûr ! Il faisait partie des nouveautés d'automne. Cette dame l'a acheté après en avoir essayé plusieurs. N'est-ce pas pour cela que j'ai été engagée : vendre des chapeaux ?

— Ne soyez pas arrogante, mademoiselle ! Votre travail consiste également à vendre le bon article à la bonne personne.

— Eh bien, madame tenait beaucoup à ce chapeau en particulier.

Fanal huileux se rapprocha et l'odeur écœurante de sa lotion effleura mes malheureuses narines. Je grimaçai, il s'énerva.

— Apprenez, mademoiselle Gagnon, que la jeune madame Dubuc, ce n'est pas n'importe qui.

Je me retins de lever les yeux au ciel pendant que l'épouse du fils du « roi de la pulpe » opinait gravement, comme si cette distinction généalogique lui conférait un statut supérieur, lequel permettait d'abîmer un chapeau et de le rendre au magasin plusieurs semaines plus tard en incriminant la vendeuse.

— Cette fille l'avait sournoisement dissimulé sous une pile de chapeaux, voulant le garder pour elle ; le feutre ainsi affaibli n'a pas résisté à une simple pluie d'automne. Je la soupçonne même d'avoir fait la petite entaille que vous voyez ici dans le ruban...

Cette dernière accusation, prononcée en hésitant, comme pour l'atténuer, produisit exactement l'effet contraire sur le gérant, qui buvait les paroles de la cliente en hochant gravement la tête.

— C'est faux ! m'insurgeai-je.

— En détériorant la marchandise, elle aurait pu obtenir le chapeau à moindre prix, osa même prétendre la jeune dame.

— En effet, nota Fanal huileux. Le ruban a été coupé et changé. On voit ici un coup de ciseaux, fort malhabile par ailleurs.

Je n'allais pas me laisser ainsi accuser sans me défendre et j'examinai attentivement le chapeau que j'avais plus d'une fois contemplé. Ce n'était pas le ruban d'origine, je le voyais bien.

— Comment aurais-je pu changer le ruban en plein magasin ? C'est impossible.

Le gérant réfuta facilement mon argument :

— Oh ! pour ça, il vous a suffi d'emprunter une paire de ciseaux à un commis.

— Si c'était moi qui avais changé le ruban, le travail aurait été impeccable. Madame devrait plutôt demander à sa servante... Pour ma part, j'ai vendu un chapeau en parfaite condition.

Attirés par le spectacle comme des mouches à chevreuil par du miel, les collègues des autres rayons s'agglutinaient autour de mon comptoir.

Madame Dubuc mère n'avait pas encore parlé. Elle releva le nez après m'avoir examinée de pied en cap, de la même manière qu'elle l'avait fait lorsqu'elle m'avait reçue pour un emploi chez elle.

— Je reconnais cette fille, monsieur Côté. Une prétentieuse qui a refusé la place que je lui offrais pour rendre service à son pauvre père. Vous devriez porter plus d'attention à la sélection de votre personnel, ajouta-t-elle comme si elle parlait de vermine à exterminer.

J'étais estomaquée !

— Soyez assurée, madame, que j'avertirai monsieur Carrier de ce triste incident. Quant à cette demoiselle...

— Il est évident qu'une fille comme elle ne vous causera que des ennuis, poursuivit la prétendue grande dame.

— Chez nous, la cliente a toujours raison, approuva le Fanal, tellement onctueux que l'huile lui suintait de partout.

Elle n'est déjà plus à notre service. Mademoiselle Gagnon, veuillez rassembler vos affaires, m'ordonna-t-il avec un air triomphant que je mourais d'envie de lui renvoyer dans la gorge.

Madame Dubuc en rajouta :

— Et vous pouvez toujours essayer de vous quêter une place de servante dans les grandes maisons de la ville ! Je m'assurerai que votre réputation vous précède.

Qu'est-ce qu'ils croyaient ? Que j'allais me laisser insulter sans rien dire ?

— Pour une dame dont on vante la vertu, vous êtes le contraire de la charité chrétienne !

— Oh ! s'offusqua l'hypocrite jeune dame.

— Quel caractère épouvantable ! laissa tomber madame Dubuc, en redressant le bout de son nez.

— La belle affaire ! m'écriai-je, d'autant que je n'avais plus rien à perdre. Il en faut, du caractère, pour se défendre contre les injustices ! Quant à vous, Grand Fanal, sachez que plus jamais je ne remettrai les pieds ici, je vous le jure !

Et sur ces dernières paroles, je me drapai dans tout ce qui me restait de dignité, attrapai mon manteau et mon chapeau avant de remonter une dernière fois le grand escalier et de me retrouver sur le trottoir sous la neige mouillée, seule et sans emploi.

Sur le coup, je songeai à me rendre au monastère, quoique déverser mes malheurs dans l'oreille complaisante de Philou ne mènerait à rien. Que connaissait ma chère Sainte-Blandine des dures réalités de la vie ? Il me fallait plutôt réfléchir. À moins d'un mois de Noël, les autres grands magasins engageaient peut-être du personnel supplémentaire. Pourquoi ne pas tenter ma chance ?

Je jugeai tout aussi inutile d'avouer mon malheur à ma famille avant d'avoir déniché un nouvel emploi. Je dressai mentalement une courte liste des commerces possibles, refusant de désespérer. Le lendemain, je partis de la maison un peu plus tôt qu'à l'habitude avec l'idée de tenter ma chance chez Gagnon et Frères, l'autre magasin à rayons de la rue Racine, en haut de la côte. Sinon, il y avait la bijouterie de monsieur Gauthier, le magasin de chaussures Thomas Abel et, pourquoi pas, aller frapper à la porte des tailleurs Laflamme ? La couture, ça me connaissait ! Comme je l'escomptais, chez Gagnon et Frères, on cherchait à augmenter le personnel pour le temps des fêtes et c'est pleine d'espoir que je me retrouvai devant un autre moustachu à la transpiration malodorante curant des dents jaunies. Ses ronds de fumée empestaient le petit local où il me reçut. Ce magasin n'avait rien du chic de Carrier.

— Mademoiselle Gagnon ? C'est bien vous qui étiez employée chez monsieur Carrier ?

— Oui, monsieur. Au rayon des nouveautés. J'ai plusieurs mois d'expérience, je suis une employée ponctuelle, propre et soigneuse.

Il n'avait pas l'air intéressé à ce que je racontais. Son regard impudique plongeait dans mon chemisier et le fouillait grossièrement. La situation était fort déplaisante, mais une fois engagée, je me tiendrais à distance de ce malotru.

— Je n'aurais pas haï ça, avoir une jeune créature chez nous. Sauf que ça ne sera pas possible.

— Pourtant, vous venez d'affirmer que vous engagez.

— Hier, il y avait une réunion de la chambre de commerce, où les Dubuc sont influents. On a parlé de vous. Une fille de la campagne qui se permet de chanter des bêtises à une dame, et en plein magasin par-dessus le marché, ce n'est pas le genre, sur le haut de la côte de la rue Racine. Si j'étais vous, je m'essayerais chez Massicotte. Dans le bas de la côte, ils ne sont pas trop regardants.

Je blêmis. Encore une fois, on m'offensait. L'affreux bonhomme, il n'allait pas s'en tirer comme ça.

— Pourquoi pas à la ferronnerie Jalbert, tant qu'à y être ! Plutôt vendre des carottes à La Bonne Ménagère que de supporter une seconde de plus un mal élevé qui ignore l'usage de l'eau et du savon !

Et vlan ! Une autre porte claquée...

Malheureuse comme les pierres, je n'avais plus la force d'entrer dans la bijouterie Gauthier. Je faisais du surplace sur le trottoir quand tout à coup, qui sortit de la boutique ? Patrice Lalancette...

— Qu'est-ce que vous faites à traîner par ici ? Avez-vous perdu votre travail vous aussi ? lui demandai-je.

— En fait, avec le froid et l'approche de Noël, le chantier tourne au ralenti. J'ai pris congé pour aller voir ma mère à Saint-Alphonse.

— En faisant un détour par la rue Racine ?

Il éclata de son grand rire.

— J'adore cette manière que vous avez d'aller droit au but. C'est ce que je disais aujourd'hui à ma mère.

— C'est pour lui choisir un bijou que vous étiez chez Gauthier ?

— Oh ! Si un jour vous rencontrez ma mère, vous verrez qu'elle n'est pas du genre à porter des bijoux.

Ses yeux brillaient. Son insouciance était si contagieuse qu'en dépit de mes malheurs, j'esquissai un sourire.

— Et vous ? Ne devriez-vous pas être à vendre des chapeaux et des gants à tout venant ?

Dans un éclair d'illumination, plongeant ses yeux dans les miens, il demanda, intrigué :

— Et que signifie ce "vous aussi" de tout à l'heure ?

— À la vérité, le mosus de gérant m'a congédiée comme une malpropre.

— Voyons, voyons, que s'est-il passé ? En plein temps des fêtes, on ne se débarrasse pas d'une bonne employée !

En quelques mots, je narrai mon malheur.

— Oh ! Vous m'en voyez désolé.

— J'ai offert mes services chez Gagnon et Frères, sans succès, avouai-je tristement.

Je repoussai la scène de tout à l'heure ainsi qu'un affreux sentiment d'impuissance. C'était désespérant. Patrice était songeur. Après un instant, il proposa :

— Que diriez-vous si je vous emmenais manger chez le Grec en bas de la côte ?

— Le restaurant aux vitres tellement sales qu'on ne voit pas à travers ?

— Hum ! Comme toujours, vous exagérez… Ce n'est pas mauvais du tout.

Il se gratta le menton.

— À la réflexion, ce n'est peut-être pas un endroit pour une demoiselle. Allons plutôt à l'hôtel Bellevue. Et pour ne pas vous compromettre, ajouta-t-il en me voyant hésiter, je prétendrai que vous êtes ma sœur.

— Vous n'avez pas de sœur !

— Qui le sait ? Venez, c'est à deux pas.

Ce garçon fou qui était entré dans ma vie depuis quelques mois avait le don de me bousculer. Il m'offrit son bras, que je refusai vivement, me cramponnant à mon sac à main.

— Vous n'êtes ni mon frère ni un parent.

— Quel caractère ! Vous étiez au trente-sixième dessous et vous voilà à redresser l'échine, admira-t-il d'un ton qui n'était toutefois pas exempt d'un brin de moquerie.

Quelques minutes plus tard, j'étais assise à une petite table de la salle à manger de l'hôtel devant une soupe à l'odeur invitante.

— C'est bon !

— Et plaisant de se faire servir, n'est-ce pas ?

— Ça change d'être la servante des autres.

— Diable ! Pourquoi tenez-vous tant à retrouver un emploi dans les boutiques ? La vendeuse de chez Carrier ne vient-elle pas d'être traitée plus mal qu'une servante ?

— Au moins, dans un magasin, il y a un salaire au bout de la peine.

Patrice continuait de s'indigner :

— Cet homme vous a humiliée, et devant deux femmes gâtées par l'existence par-dessus le marché. C'est impardonnable. Je dirige une équipe, à Portage-des-Roches. Pourtant, il ne me viendrait pas à l'idée de traiter ainsi un de mes gars, même si j'avais des remontrances à lui faire !

— Mon malheur, c'est que je n'ai pas suffisamment d'instruction pour faire autre chose que vendeuse.

Je songeai à la petite boîte de métal contenant mes économies, dissimulée chez Cécile. Il était peut-être temps d'en faire bon usage.

— Dans la *Revue moderne*, j'ai lu que des jeunes femmes apprennent la dactylographie et la sténographie. Je pourrais suivre votre exemple en m'inscrivant à des cours du soir.

Pendant que je parlais, il jouait nerveusement avec le petit pain rond que l'hôtel offrait avec la soupe.

— Vous ne mangez pas ? lui demandai-je.

— C'est que vous m'intimidez.

— Je ne vous crois pas.

— C'est vrai pourtant.

Du coin de l'œil, je l'observai. Il était bel et bien mal à l'aise, l'opposé du grand extravagant amusant et plein d'audace que je connaissais depuis l'été.

— À la vérité, en sortant de chez le bijoutier, c'est vous que j'attendais.

— Moi ? Et pas Cécile ?

— Cécile ? Ah ! Vous croyez que je m'intéresse à votre cousine ? Ce qui expliquerait… votre attitude.

Il resta un moment silencieux, puis, comme quelqu'un qui se jette à l'eau, il enfila les phrases.

— Mademoiselle Gagnon, il y a peut-être un autre moyen pour vous… d'échapper à cette situation. Voyez-vous, ce matin, j'avais une excellente raison d'aller voir ma mère : le besoin de lui dévoiler le fond de ma pensée et… elle m'a vivement encouragé à vous parler. Voilà : je ne suis pas dénué d'ambition, je peux prétendre à un travail d'ingénieur stationnaire, je ferai de gros salaires, de quoi vivre honorablement. Toutes ces belles choses dont vous rêvez, robes, meubles, tapis, je pourrai vous les offrir. Vous me plaisez beaucoup, mademoiselle Gagnon.

Pendant qu'il discourait, une série de sentiments contraires me plongèrent dans un grand tumulte intérieur : le plaisir de me savoir attirante, le désir d'être indépendante, mais surtout la peur… une peur viscérale d'aimer et de souffrir. Je voulais interrompre son flux de paroles, je voulais qu'il se taise avant qu'il n'aille trop loin, et pourtant, je demeurais paralysée, incapable d'ouvrir la bouche, lorsque finalement il ajouta :

— Et quand je songe à l'avenir, c'est à vous que je pense. Je sais que je vous rendrais heureuse.

Je répliquai avec vigueur :

— Qu'est-ce que vous connaissez de mon bonheur ?

— C'est simple, je vous aime ! Épousez-moi !

Ces mots... il venait de prononcer les paroles que je ne voulais pas entendre. Pourquoi étais-je si surprise ? Philou et Cécile ne m'avaient-elles pas répété que Patrice n'en avait que pour moi ? Pourtant, je secouai vigoureusement la tête.

— Non ! Je ne veux pas me marier. Je ne veux plus être la servante de personne.

— Si vous devenez ma femme, vous *aurez* une servante.

— Le mariage, ça veut dire des enfants. J'ai déjà élevé une famille au grand complet, je passe mon tour.

— Il existe des moyens, vous savez, pour... disons... ne pas en avoir trop.

— Vous savez bien que c'est contre les enseignements de l'Église !

— Ce n'est pas monsieur le curé qui met les enfants au monde.

Je rougis. Le gredin, il avait toujours un argument.

— Monsieur Lalancette, j'ai déjà refusé la demande d'un ami d'enfance.

— Je sais. Votre frère me l'a dit. Sans doute parce que vous n'étiez pas amoureuse.

— Je ne le suis pas de vous non plus.

Là, je le sentis se raidir. Petit Jésus, comme les hommes étaient orgueilleux ! Que l'un deux daignât nous choisir et voilà que n'avions plus qu'à nous plier à leur volonté !

Quelqu'un vint desservir. Je renfilai mes gants, prête à partir.

— Merci de l'invitation. C'était bien aimable de votre part.

Puis je me sauvai en vitesse, marchant à grands pas. La neige s'intensifiait et, tentant de mettre de l'ordre dans mes pensées, je me trompai de chemin, prenant une direction contraire à celle de la rue Morin. J'errai d'une rue à l'autre, rue Riverin, rue Labrecque, pour aboutir à mon point de départ, désorientée et hagarde.

— Alice ?

— Cécile ?

Quelle heure pouvait-il être ? Le jour tombait, morne et gris.

— Ce midi, je profitais de mon heure de dîner pour aller faire une commission quand je suis tombée sur Patrice Lalancette, complètement défait. Tu l'as refusé ? Pourquoi, Alice ?

— Pourquoi me demande-t-on en mariage, moi qui refuse de me marier ? Pourquoi pas toi ? Tu t'entends si bien avec lui.

— Oh Alice ! Ce garçon est fou de toi.

— L'idée même de me marier me terrorise. Comme à un oiseau à qui on menace de couper les ailes.

— Ça, chère, je le sais. Viens, que je t'accompagne jusque chez toi.

Trempée, gelée, la tête basse, je rentrai. Je dus me résoudre à avouer que j'avais été congédiée. Inutile, par contre, de mentionner la demande en mariage refusée, ni ma misérable tentative de me décrocher un autre emploi.

Tout compte fait, avec ma pauvre quatrième année, je ne valais pas mieux que mon père.

Pourtant, il fallait que je me redresse, il y avait certainement un moyen à ma portée pour que je puisse me sortir du pétrin. Utiliser mes talents dans les arts féminins comme ma tante Laure ? Devenir couturière ? Je repoussai immédiatement cette idée qui me confinait chez nous. Et puis, coudre pour les autres, c'était encore faire la servante. Pendant que je faisais la vaisselle du soir, je réfléchissais aux cours de dactylographie et de sténographie et je repris espoir.

— Ça ne vous coûtera rien, expliquai-je à mes parents. J'ai économisé suffisamment d'argent pour me les payer. Vous me voyez en train de taper à la machine à écrire ? Une femme moderne !

— Ce sera pas nécessaire, Lauretta, commença ma mère.

— Comment, ça ne sera pas nécessaire ? Avec un emploi dans un bureau, je pourrai payer une plus grosse pension à la maison, dis-je, déconcertée qu'on dédaigne ainsi ma contribution au budget familial.

— T'auras pas le temps, commenta mon père en tirant sur sa pipe.

— Pas le temps ?

Un nœud insidieux, un nœud que je ne connaissais que trop bien se formait dans mon estomac, éveillant ma méfiance.

— Qu'est-ce qui se passe ?

— Tu devines pas ?

Mes parents s'entre-regardèrent, en vieux complices. Ma mère était toute joyeuse.

— J'attends du nouveau.

— Quoi ?

— Ouais…, renchérit mon père. Un petit à son âge ! Ta mère va avoir besoin de toi. T'auras trop d'ouvrage à la maison pour aller travailler ailleurs.

Je fulminais !

— Vous ! Vous pouviez pas la laisser tranquille ?

— Hé ! Hé ! C'est pas moi, c'est ta mère…

Ce rire ! Oh, ce petit rire niais, et ma mère, à se caresser la bedaine à deux mains en gloussant stupidement ; les deux, parfaitement indifférents à mon sort. Mes beaux projets s'effondraient. La responsabilité de la maisonnée m'incombait, c'était aussi simple que ça.

Pour mes frères, l'avenir se dessinait bien : un bon emploi ou des études en perspective, grâce au simple fait qu'ils étaient des garçons. Il y aurait toujours du travail pour les représentants du sexe masculin, cependant que mon sort demeurait résolument tendu de noir. Fille aînée, éternelle servante livrée pieds et poings liés à sa famille. La vieille blessure de mon enfance se rouvrait.

Non ! Ah non ! Ça ne se passerait pas comme ça ! Je trouverais bien une solution. Lauretta la servante était définitivement morte et enterrée.

— Puis l'argent que t'as mis de côté encore une fois sans nous en parler, on va en avoir besoin, lâcha mon père.

— Pas question ! C'est fini, ce temps-là !

Mais j'aurais beau menacer ou claquer des portes, hurler ou tout casser, je voyais le piège se refermer sur moi.

Chapitre 6

Qui veut la fin veut les moyens

Les choses en étaient là quand Laure vint se promener chez nous, histoire de rendre visite à Philou avant que les glaces ne rendent les déplacements difficiles. Rare éclaircie dans cet automne particulièrement morose, elle arriva avec sa pile de catalognes:

— J'ai pensé que ça vous rendrait service, il paraît qu'on gèle en ville.

Ma chère tante, les cheveux plus grisonnants qu'autrefois – ce qui n'entravait en rien son esprit acéré. Je lui cédai volontiers mon lit.

À l'heure du déjeuner, telle une gazette, elle s'empressa d'énumérer les dernières nouvelles de l'Anse-aux-Foins:

— Et Juliette attend son deuxième.

Je me raidis soudainement.

— Lauretta, ça ne te fait pas plaisir d'entendre ça? demanda ma mère, alors que je gardais le silence.

Malgré mon plaisir de revoir Laure, sa visite n'arrivait pas à me tirer de mon humeur fâcheuse. Je fis un effort de sociabilité:

— Je vous donnerai une lettre pour la féliciter, ma tante, ça ménagera un timbre.

— C'est bien aimable de ta part, Alice-Lauretta.

— Donnez-moi donc des nouvelles de mon parrain !

— Armand tousse sans bon sens. Le docteur Claveau parle d'une maladie des poumons.

J'étais navrée de l'apprendre.

— Ce n'est pas d'hier qu'il tousse, mon oncle Armand.

— Ça serait peut-être le temps que tu viennes faire ton tour à l'Anse, Alice-Lauretta.

Son regard à la fois affectueux et pénétrant, que je connaissais si bien, me scruta sans complaisance.

— T'es pâle comme une pinte de lait. L'air de la ville ne te donne pas bon teint. Tu n'es pas malade, toujours ?

Elle considéra l'étroit logement de six pièces. Le poêle à bois dans la cuisine ainsi que la table mangeaient une grande partie de l'espace. Une minuscule pièce faisait office de salon, tout le reste servait de chambres à coucher.

— Me semble que ce n'est pas bien grand. Même dans votre petite maison du rang Saint-Louis, t'avais ta chambre, Alice-Lauretta.

Laure faisait ses remarques avec une légère inflexion de la voix qui voulait tout dire.

— On s'accommode, vous savez !

— Et vous, Marie, avec votre retour d'âge qui vous joue des tours, où allez-vous mettre le berceau ? Vous couchez déjà dans la salle à manger !

Petit Jésus, j'avais l'impression d'entendre Alfred ! Mes plus petits frères, qui avaient peu connu l'Anse-aux-Foins, dévisageaient avec crainte cette tante qui renotait le moindre travers.

— Par contre, pas de bâtiments à entretenir, s'interposa mon père.

— Dieu t'entende, Honoré, parce que moi, j'étoufferais à vivre ici. En plus, les usines, les voitures à moteur, c'est bruyant, ça sent mauvais ! J'aime mieux l'étable.

— Sauf qu'on n'a pas à se casser les ongles pour aller chercher des carottes, ma tante.

— Si tu penses que c'est mieux de même, Alice-Lauretta.

Encore une fois, elle m'interrogeait de ses yeux perçants. Ma tante Laure qui savait si bien lire dans mon cœur… Elle avala une dernière gorgée de thé.

— Tu m'accompagnes au monastère ? Ç'a tellement changé, Chicoutimi, que j'ai peur de me perdre !

Comme si quelqu'un avait déplacé le tracé de la rue Racine depuis sa dernière visite… Laure était la spécialiste des prétextes qui me donnaient l'occasion de m'évader un peu. Mes parents n'osèrent la contrarier et c'est volontiers que j'acceptai de lui servir de guide.

Ainsi entourée de mes chères tantes, même si l'événement se passait dans l'austère parloir du monastère, j'éprouvai un sentiment de réconfort familier. Même la présence de l'incontournable sœur auditrice qui, invariablement, accompagnait notre chère Sainte-Blandine, n'arriva pas à grignoter mon bonheur du jour.

— Philomène, je t'ai apporté une catalogne, murmura Laure à sa sœur dont les yeux noirs brillèrent de plaisir en nous apercevant. On l'a confisquée à l'entrée comme il se doit. J'espère qu'on te permettra de la conserver.

Car Philou, ayant fait vœu de pauvreté, devait se montrer détachée des biens de ce monde. En attendant que la communauté décide du sort de la couverture tissée, elle réclama des nouvelles de l'Anse :

— Moman a la grippe ? Que manigance popa ces temps-ci ? Et Armand ? Et les autres ?

La sœur auditrice tendait son oreille d'écornifleuse et lorsque ce fut à mon tour de relater mes dernières mésaventures, son attention redoubla.

— Marie, de nouveau enceinte ! Le Seigneur exige de toi un autre sacrifice. Accepte et prie, ma fille.

— Laisse faire les prières, Philomène ! Notre nièce a dix-neuf ans. La Providence a le temps en masse de lui envoyer des épreuves. Et toi, qu'est-ce qui t'a pris de lâcher ton cheval à l'épouvante ? Parce que ta seule porte de sortie, c'est le mariage. T'as refusé Théo, regarde-toi maintenant. De toute façon, tu peux l'oublier. Il vient d'épouser une fille de l'Anse. Son père lui a donné une terre.

— Je n'ai pas quitté le rang Saint-Louis pour y retourner, ma tante ! Un mari qui sent la bouse de vache ! Merci, pas pour moi.

— Et ce gars du Grand-Brûlé… Celui dont Philomène m'a parlé dans une de ses lettres.

— Patrice Lalancette ? Je viens de le refuser, soupirai-je.

— Fais attention de ne pas péter plus haut que le trou, Alice-Lauretta Gagnon.

— Laure, surveille ton langage !

La très chère Sainte-Blandine en oubliait presque de chuchoter. Toutefois, même les narines frémissantes de la sœur auditrice n'empêchèrent Laure de me prodiguer un conseil :

— Sauve-toi, Alice, sinon, tu es condamnée.

— Servante de la famille *ad vitam æternam*, me désespérai-je.

— Te voici à l'heure des choix, Alice, ajouta Philou.

— Le mariage ou la mort. Tout un choix!

Accablée, je devais me rendre à la sagesse de mes tantes.

— C'est pourtant celui qui s'offre à toi, déclara Philou. Ne te reste plus qu'à écrire à monsieur Lalancette.

— C'est l'évidence même, m'encouragea Laure.

— Après lui avoir dit que je ne l'aimais pas?

— C'était bien maladroit de ta part, convint Laure. Par contre, ne t'ai-je pas appris qu'une maille échappée peut toujours se rattraper? Entre nous… ton Patrice, c'est du bon butin. Il te plaît suffisamment pour en faire ton mari, non?

— C'est vrai, il est ambitieux. Il construit des barrages.

Patrice… je ne pouvais m'empêcher d'admirer son ambition et l'aisance avec laquelle il faisait fi des obstacles qui se dressaient sur son chemin. Philou se rapprocha du grillage pour me saisir le bout des doigts.

— Écris-lui. Trouve les mots qui touchent le cœur, Alice. Si ce garçon t'aime sincèrement, il te reviendra.

Laure hocha la tête.

— La lettre, c'est bien, sauf que ça ne sera pas suffisant, s'objecta-t-elle. Plus j'y songe et plus je crois qu'il faudra plus qu'une demande en mariage pour réussir à convaincre ton père. Tu es mineure, ne l'oublie pas. Et Honoré est bien déterminé à ne pas lâcher sa proie. Quant à ta mère…

— Laure!

— Une égoïste et une paresseuse, Philomène! Tu ne l'as jamais dit à voix haute, mais tu as dû te confesser plus d'une fois de l'avoir pensé.

Philou, qui n'aimait pas qu'on dise du mal des autres, se réfugia derrière sa façade de bonne sœur impassible.

Je me tournai vers Laure:

— Que dois-je faire, ma tante?

— T'ai-je déjà raconté dans quelles circonstances je me suis mariée ?

— Ah, non, Laure ! Pas ça !

Tout à coup affolée, Philou frémissait sous sa voilure. La sœur auditrice nous jeta de gros yeux avant d'émettre une série de toussotements réprobateurs. Sa main saisissant le crucifix qui pendait sous sa guimpe, elle disputa Philou :

— Sœur Sainte-Blandine, reprenez-vous !

Laure eut un regard agacé.

— Je crois qu'il est temps pour ces saintes femmes de retourner à leurs prières, et à nous de partir, ma nièce.

Après nos adieux à une Philou désemparée, j'accompagnai Laure au quai pour attendre l'*Aurore-Marie*, le bateau qui avait remplacé la *Jeannette*.

— Votre mariage… Je me rappelle que Philou y faisait allusion comme à une histoire à faire peur aux enfants. J'ai cru comprendre que vous aviez tenu tête à Alfred.

Elle se mit à rire.

— Pour ça… je lui ai tenu tête, oui, ce qui lui a permis de montrer l'étendue de son chapelet d'injures. Avec comme résultat que nous avons cessé de nous adresser la parole pendant des années. Mieux valait en effet que les lèvres restent scellées, après les mots malheureux prononcés à cette époque.

J'étais de plus en plus intriguée :

— Petit Jésus, ma tante ! Vos amours, ça m'a l'air de toute une histoire ! Contez-moi ça.

— Le temps est venu, je crois.

Tout en examinant le sac de toile à ses pieds, elle rassembla ses souvenirs.

— J'avais dix-sept ans. J'étais follement amoureuse de Rosaire, qui vivait dans la concession des Renard. Et tu comprends, mon père ne voulait pas entendre parler d'un Renard dans sa cour.

Cette évocation m'arracha un sourire. La rivalité entre les Gagnon et les Tremblay Renard m'apparut comme une vieille histoire de la campagne qui n'avait plus cours en ville.

— Pépère et les Renard… Moi-même, je croyais insulter Théo en le traitant de Renard !

— Tu n'as tout de même pas repoussé Théo à cause de ça ? m'interrogea ma tante, au bord de l'indignation.

— Vous savez bien que non !

— On ne sait jamais… C'est le genre d'affaire qui peut laisser des traces profondes, sans même qu'on s'en rende compte, sans même qu'on sache pourquoi. En ce qui me concerne, Alfred s'entêtait, d'autant plus que j'étais sa fille aînée. Il n'avait même jamais envisagé que je puisse me marier.

— Je vois ça d'ici ! ironisai-je. Prisonnière de la famille et pas un mot à dire sur votre avenir.

— Le curé du temps, c'était mon oncle Louis, continua Laure. Pendant les années qu'il a passées à la cure de l'Anse-aux-Foins, lui et mon père ont été à couteaux tirés.

— Vous m'en avez déjà parlé. Pépère affirmait que son frère ne cherchait qu'à le contrarier. En quoi leur différend a-t-il à voir avec vos amours ?

— Figure-toi que je suis allée d'abord consulter mon oncle curé, croyant naïvement qu'il serait en mesure de faire plier mon père. À mon grand étonnement, il m'a donné un conseil que jamais je n'aurais cru entendre dans la bouche d'un saint homme ! D'ailleurs, je me suis toujours demandé si ce n'était pas une petite vengeance de sa part à l'égard d'Alfred.

J'étais impatiente de connaître la suite.

— Quel était ce conseil ?

— “Prends de l'avance. Arrange-toi pour être obligée de te marier, puis je te marierai.”

— Quoi ? Il vous a suggéré de sauter la clôture ?

— En plein ça. Fêter Pâques avant carême, si tu préfères.

— Et vous l'avez fait…

Les yeux pétillants de Laure donnaient la réponse. J'étais estomaquée, je n'en revenais pas…

— Je me suis mariée à mon goût, n'est-ce pas ? J'étais prête à en payer le prix.

— Le prix du bonheur ?

— Le bonheur, tu sais, on le prend où on peut. Mon mari passe ses journées dans son atelier. Moi, j'ai mon métier à tisser, je m'occupe de la ferme, les enfants vont bien, je n'en demande pas plus.

Les gens commençaient à bouger autour de nous, l'*Aurore-Marie* accostait. Avant d'embarquer, ma tante ajouta :

— Qui veut la fin veut les moyens, Alice-Lauretta. T'as de quoi jongler, je crois.

Patrice Lalancette, mon mari ? Tel était mon intérêt.

Après avoir laissé Laure, j'avais grand besoin de parler à ma sage cousine Cécile. Nous nous réfugiâmes dans sa chambre. Elle tira du chevet de son lit un livre écrit par une certaine madame Dangennes et intitulé *Pour bien vivre, ce que toute jeune fille doit savoir*.

— Qu'est-ce que c'est ?

— Exactement ce dont tu as besoin. Cette dame veut sortir les jeunes filles modernes de leur ignorance sentimentale et les faire réfléchir à leur avenir. Ne pas poursuivre des chimères, mais conserver son idéal.

— Dans le cas de mon idéal de liberté, j'ai lamentablement échoué, m'attristai-je.

— Ce n'est pas l'avis de madame Dangennes. Elle croit que toute réalisation, même incomplète, est utile. "L'absence d'idéal est la faillite de l'espoir", dit-elle.

— Le désespoir, c'est là où j'en suis ! Mes tantes affirment que le mariage est ma seule issue.

— Madame Dangennes pense aussi que la jeune fille est habituellement destinée au mariage, bien qu'elle demeure "l'architecte de sa vie". Écoute ce qu'elle recommande : "La jeune fille recherchera, par son choix, ce qui est pour elle la perfection sociale, ou, du moins, ce qui s'en rapproche davantage."

— Patrice Lalancette…

— Qui tourne le dos à la campagne. Qui te propose la vie que tu désires ! Un garçon plein d'audace, avec de l'ambition. Tu ne penses pas qu'il serait temps d'écouter ce que te dicte ce cœur que, dans ton entêtement, tu refuses d'entendre ? N'est-ce pas ce que te conseillent tes chères tantes qui te connaissent si bien ?

— Qu'est-ce que je connais de l'amour, Cécile ? Que signifie "aimer" ? Moi-même, suis-je seulement aimable ? Mes propres parents n'ont jamais eu l'ombre d'un brin d'affection pour leur fille.

— Oh !

Émue, elle m'enlaça avec tendresse.

— Chère ! Que fais-tu de Philou, de Laure, d'Armand et de Juliette ? Sans m'oublier. Nous t'aimons tous sincèrement… malgré ton sacré caractère et tes inébranlables "jamais". Patrice, il est amoureux fou, tu ne le vois donc pas ?

— Cécile… vous autres, vous ne me faites pas peur, je vous connais depuis toujours. Patrice Lalancette, c'est à peine si je le connais !

— Alice ! Ce garçon respire la franchise.

— Il a tout juste dix-neuf ans !

— Et un plus grand sens des responsabilités que tes deux parents réunis.

— Je te l'accorde.

— Le bon Dieu l'a mis sur ta route, Alice, insista Cécile.

Pourquoi pas lui, après tout ? Patrice Lalancette valait certainement mieux que bien d'autres.

— As-tu de quoi écrire ?

— *Cher monsieur Lalancette, Depuis que je ne vous vois plus, je pense à vous…*

— *Je ne cesse de penser à vous*, précisa Cécile. Bonne entrée en matière. Évoque les bons moments passés ensemble.

— *Je m'ennuie des longues promenades dans la rue Racine. Et ce jour où vous avez surgi avec votre gramophone pour nous faire entendre le grand Caruso ! J'en ai encore des frissons.*

Je soulevai la plume.

— Des frissons ? Qu'est-ce qu'il va penser ? m'écriai-je.

— Qu'il te fait de l'effet. C'est parfait. Écris !

— *J'aimerais beaucoup vous revoir.*

— *Je souhaite vous revoir.* Va au but directement.

— *L'autre jour, je l'avoue, j'ai eu peur. De nouveaux événements sont survenus. Si vous avez toujours des sentiments pour moi, j'aimerais vous parler des miens.*

— Maintenant, donne-lui rendez-vous.

— *J'assiste tous les jours à la messe de six heures. Je vous y attendrai.*

— C'est une bonne idée.

— Devrais-je écrire un mot doux ?

— Non, c'est trop tôt. Signe la lettre.

Je réfléchis un instant.

— *Votre Alice.*

— Ni plus ni moins, approuva Cécile. Je la porterai moi-même à la poste. Bon, maintenant, le rendez-vous. Tu as toujours ta paire de bas de soie ?

— Bien sûr.

De coûteux bas de soie que je réservais pour une grande occasion, soigneusement pliés et protégés dans du papier bleu. Je me contentais de bas de rayonne pour tous les jours et depuis les froids, je portais des bas de laine.

— Tu dois porter tes bas de soie pour ce rendez-vous !

— C'est de la folie, nous sommes en plein mois de décembre ! D'ailleurs, entre les couvre-chaussures et le manteau, il ne les verra même pas.

— Il suffit que toi, chère, tu le saches. Ne lésine pas. Tes bas de soie et ta plus belle robe. Te savoir séduisante te donnera de l'assurance.

— S'il vient.

— Il viendra.

Lui aussi avait soigné son apparence. Était-ce en mon honneur ? Il portait un paletot d'hiver orné d'un col de fourrure et une casquette en tweed ; sous son habit vert foncé, un gilet gris, une chemise à col cassé et une cravate grise à pois.

Cécile avait eu raison. Je me sentais belle. Et la veille, j'avais récité un rosaire. En pleine possession de mes moyens, je lui souris.

— Que vous êtes élégant !

— Je le suis toujours pour aller à la messe.

Petit Jésus ! Son ton était aussi distant que la largeur du Saguenay, moi à l'Anse-aux-Foins et lui au Grand-Brûlé.

Ma belle assurance fondit, les arguments de mes tantes et de ma cousine partirent avec le vent du nord qui me faisait grelotter dans mes minces bas de soie. J'étais plantée au milieu du trottoir, les gens sortaient et lui ne bronchait pas. La partie était perdue d'avance.

— Je suis heureuse de vous voir, marmonnai-je.

— J'ai reçu votre lettre il y a deux jours et depuis, je jongle. C'est ma mère qui m'a poussé dans le dos.

Un ton glacé. Comme la température sous zéro qui me faisait frissonner.

— Sinon, vous ne seriez pas venu ?

— Vos paroles de l'autre jour ne laissaient aucun doute sur vos sentiments.

— Ce… ce n'est pas tout à fait exact.

— Ah, bon ? Qu'entendez-vous par là, mademoiselle Gagnon ?

Petit Jésus ! Avec mes bas de soie, je ne pourrais argumenter longtemps au coin d'une rue. Cécile et ses bonnes idées…

— Donnez-moi la chance de m'expliquer, suppliai-je en claquant des dents. Mais pas ici, il fait trop froid. Nous pourrions retourner à l'intérieur. La salle s'est vidée.

Une petite lueur apparut enfin dans son regard jusqu'ici impassible.

— Avez-vous faim ? Aussi bien s'expliquer devant un bon déjeuner. Et cette fois, ne refusez pas mon bras. Vous êtes à la veille de vous écrouler sur le trottoir.

Nous nous retrouvâmes à la même table de la salle à manger de l'hôtel Bellevue. Patrice commanda du café.

— Je préfère le thé !

— Ah, bon ? Pourtant, c'est si bon, un café au lait bien sucré.

— Pas de lait, je vous prie ! Ça goûte la vache.

Ma réplique provoqua un sourire. Il était temps ! L'hôtelier apporta la commande : des œufs pour lui, des rôties pour moi. Il attaqua son assiette.

— Et si vous me parliez de ces récents événements que vous évoquez dans votre lettre...

J'avais décidé d'être honnête, de ne pas chercher à travestir la vérité : la grossesse de ma mère me laissait sans avenir.

— Vous êtes ma seule chance, Patrice.

— Tiens donc ! Plus de "monsieur Lalancette" d'un mille de long ? Vous êtes prise au piège. À mes yeux, ça ne constitue pas un motif valable de mariage. Pourquoi moi... plutôt que Théo ?

— Théo s'est déjà marié, laissai-je tomber sans réfléchir.

Petit Jésus ! Il se renfonça dans sa chaise, les bras croisés, le regard terrible. Consciente d'avoir commis une erreur stratégique, je replaçai une mèche imaginaire sous mon chapeau. Soudain, j'avais chaud. Il avalait ses rôties, j'avais la gorge nouée, pas une bouchée ne passait. Prenant mon courage à deux mains, je le regardai droit dans les yeux et affirmai sans broncher :

— Même si Théo n'était pas marié, je vous choisirais. Parce que vous avez de l'ambition, parce que vous me faites rire, parce que vous me surprenez sans cesse.

— Et vous croyez que c'est suffisant pour m'épouser ?

— Non.

— Non ?

— Je ne sais pas comment vous dire...

J'étais sur des charbons ardents. Ah, misère ! Tous les beaux discours que j'avais imaginés s'échappaient de mon esprit… Avec pour résultat que je balbutiais comme une codinde !

— J'ai… j'ai longuement réfléchi. Imaginé ma vie avec vous. Tous les deux, ensemble, dans un logement… être dans vos bras.

Son regard était braqué sur moi. Pas un froncement, pas un soubresaut ne troublaient son visage impassible.

— Vous rougissez.

— Non.

— Si.

Soudain, il repoussa vivement sa chaise, s'approcha pour mettre un genou à terre devant moi au beau milieu de la salle. J'étais horriblement gênée.

— Que faites-vous ?

— Je vous demande en mariage.

Il tira de sa poche une petite boîte dont il souleva le couvercle. Nichée sur le velours blanc, une bague en or ornée d'un diamant. L'animal, ses yeux riaient, il était sûr de lui…

— Allez, dites oui !

— Oui.

— Vous voyez comme c'est simple ?

Il se redressa, me souleva de terre en me serrant dans ses bras.

— Mon Dieu, lâchez-moi ! J'étouffe ! Vous êtes complètement fou !

— C'est de joie ! Oh, que vous m'avez fait pâtir, Alice Gagnon, même si j'étais sûr que vous alliez me revenir, ça ne pouvait pas faire autrement.

— Tout le monde nous regarde, protestai-je.

— Essayez la bague, Alice.

Comme j'hésitais, il saisit délicatement ma main gauche pour glisser à mon annulaire la bague qui m'allait parfaitement.

— Je l'ai achetée l'autre jour chez Gauthier. Car j'étais fermement décidé à vous épouser, et même vous, si chère mais cruelle Alice, n'auriez pu m'en empêcher.

— Vous seriez revenu ?

— Qu'est-ce que vous croyez ? Il existe des têtes plus dures que la vôtre, Alice Gagnon... Que vous êtes belle !

— Grand extravagant ! Vous exagérez, comme toujours.

— Ça ne vous va pas de jouer les fausses modestes. Fière, élégante, distinguée, vous le savez, c'est exactement comme ça que je vous aime.

— Petit Jésus ! Je n'allais tout de même pas arriver au rendez-vous le plus important de ma vie habillée comme la chienne à Jacques !

Il se mit à rire.

— Cette manière que vous avez de parler sans détour !

Sans crier gare, il se releva, ce grand fou et, dans la salle à manger de l'hôtel Bellevue, il se mit à chanter *Pour un baiser*, cet air qui m'avait troublée lorsque nous avions écouté les disques de Caruso. J'étais figée, rouge comme une fraise. Petit Jésus ! Il allait me faire mourir avant le mariage. Curieusement, tout autour de nous, les gens semblaient apprécier ce saltimbanque à qui je venais de donner ma main. Patrice possédait une belle voix de baryton, les gens l'applaudirent. Il salua puis me désigna d'un geste grandiloquent.

— Ma fiancée, mesdames et messieurs !

Des « Ah ! Bravo ! » et des « Félicitations ! » surgirent des autres tables, au grand plaisir de mon coquin de fiancé.

— Vous..., étouffai-je. J'ai failli mourir de honte.

— Ne vous en faites pas, ce sont des habitués, ils me connaissent.

Il y alla de son grand rire, me souleva de terre et… m'embrassa sur la bouche.

— Grand extravagant ! Ça ne se fait pas, s'embrasser devant tout le monde. Que vont penser les gens ?

Il haussa les épaules.

— Arrêtez donc de bourrasser. Les gens… Ils auront une excellente histoire à raconter ce soir. Allons sans tarder chez vos parents leur annoncer la nouvelle.

Je rougis encore. Il trouva cela charmant. En vérité, je pensais surtout à ce qu'il adviendrait chez mes parents.

— Où t'étais passée ? ronchonna ma mère. La vaisselle va pas se faire toute seule.

— Moman, vous ne voyez pas qu'on a de la visite ?

Nullement décontenancé par cet accueil inamical, Patrice signala joyeusement sa présence :

— Salut, la compagnie !

Mon père ne prit pas la peine de quitter la berceuse.

— Le grand Lalancette ! Calvaise ! Ça faisait un bout de temps qu'on t'avait pas vu.

— À partir d'aujourd'hui, vous allez me voir souvent, monsieur Gagnon.

Albert s'avança pour lui serrer la main :

— Qu'est-ce que tu fais à Chicoutimi si tôt le matin ?

— J'avais le rendez-vous le plus important de ma vie, répéta-t-il en m'adressant un clin d'œil.

Les sens en alerte, ma mère laissa tomber son linge à vaisselle sur le sol. Je le ramassai – comme je la connaissais, elle était bien capable de s'en servir encore pour essuyer la vaisselle propre –, mais elle m'arracha le torchon des mains.

— Laisse faire ça, Lauretta. T'aurais pas quelque chose à nous dire ?

— C'est plutôt moi, madame Gagnon…, répondit Patrice.

Et solennel, il s'avança pour faire sa grande demande à mes parents. Mon père l'écouta, joua le jeu de la gravité du moment, prenant tout son temps, se grattant minutieusement le menton, comme s'il jonglait à soupeser le pour et le contre, cependant que sa réponse était toute prête :

— C'est ben de l'honneur, Lalancette, seulement ma fille est trop jeune.

— Je gagne bien ma vie, monsieur Gagnon, vous n'avez rien à craindre de ce côté-là.

— C'est dommage, mon garçon, ajouta ma mère sur le ton trop doux qu'elle prenait pour réprimander les petits, sauf qu'on peut pas se passer de notre fille.

Je m'attendais à une réponse dans ce genre. Fort heureusement, il en fallait plus pour déstabiliser Patrice.

— J'ai le consentement de ma mère, Alice demande le vôtre. Et ne croyez surtout pas me décourager. Bonguienne ! Si vous vous entêtez, on attendra tout simplement le 27 mars 1922 pour se marier.

À quoi il pensait ? Attendre ma majorité ? C'était hors de question.

— Patrice et moi, nous allons nous marier le plus tôt possible, il n'y a rien d'autre à ajouter.

J'attrapai le bras de mon fiancé puis lançai d'un ton ferme :

— Vous n'avez pas le choix. Parce que moi aussi, j'attends du nouveau.

Patrice me dévisagea en écarquillant des yeux ébahis au moment même où mon père se jeta sur lui.

— Maudit Lalancette ! T'as déshonoré ma fille !

La suite se passa à une vitesse foudroyante. Le poing de mon père s'abattit sur le menton du pauvre Patrice sans que ce dernier puisse l'éviter. À peine si j'eus le temps de faire un pas de côté.

Chapitre 7

L'esprit de famille !

Nous nous mariâmes aux premiers jours d'avril 1921, pressés comme si nous avions réellement péché. Modestes noces. La petite supercherie destinée à forcer le mariage fut facilement éventée avec pour résultat que, me voyant prête à tout, mon père poursuivit simplement ses combats mesquins :

— Pas une cenne pour marier une fille perdue, avait-il déclaré au nom de son honneur prétendument outragé.

— Au diable ton père ! Moi, je suis là.

Patrice paya de sa poche le repas de noces qui se déroula quand même rue Morin. S'il n'en avait tenu qu'à moi, nos agapes auraient eu lieu au Grand-Brûlé, chez l'oncle François en qui Patrice voyait un deuxième père.

— Une vie de chicane, c'est plus long qu'une vie de bonne entente, m'avait convaincue mon fiancé. Quand la soupe au lait déborde, j'éteins le feu. Sans rancune.

Ma tante Laure, venue en représentante des Gagnon de l'Anse, m'avait apporté le voile de dentelle ancienne de ma première communion.

— Tiens, ta grand-mère t'en fait cadeau. À la condition que tu viennes lui présenter ton mari tout neuf !

— Mémère… j'aurais aimé ça la voir.

— Tu connais ta grand-mère, elle ne mettra jamais les pieds en ville, me rappela Laure. Comme ça, pas de robe de noces ?

— J'ai préféré un bel ensemble jupe redingote, assorties d'un chemisier seyant, plus pratique.

— Acheté chez Carrier ?

— Plutôt chez Eaton, par catalogue et avec mes propres deniers par-dessus le marché. Avec le voile de mes chères tantes, ça fait mon bonheur !

Je n'avais qu'un regret : la cathédrale étant toujours en chantier, nous reçûmes la bénédiction nuptiale dans le hangar qui servait d'église temporaire.

— J'espère que le bon Dieu n'y verra pas d'inconvénient, avais-je confié à Patrice comme nous prenions place dans la voiture conduite par Silvio, habillé de neuf.

Avec quelle fierté je paradai au bras de mon nouvel époux, lui aussi tiré à quatre épingles !

— Regarde plutôt le ciel, s'était réjoui Patrice. Un mariage d'oiseaux !

Un spectacle enchanteur se déroulait sous nos yeux. Des centaines d'oiseaux revenant du sud virevoltaient et tournoyaient autour des échafaudages qui entouraient la cathédrale en reconstruction. Ils piaillaient joyeusement comme pour nous offrir leurs vœux de bonheur. D'un coup de chapeau, Patrice salua la gent ailée. La volée d'oiseaux tourbillonna au-dessus du Saguenay puis, d'un seul coup, s'envola vers l'horizon. À cet instant précis, Patrice m'attira vers lui pour m'embrasser. Mon mari ! Mon homme fort ! J'étais désormais à l'abri du malheur.

J'avais rencontré ma future belle-mère quelques jours après nos étranges fiançailles à l'hôtel Bellevue. Je l'avais tout de suite aimée, cette grande femme un peu brusque et étrangement silencieuse, qui dirigeait presque seule une ferme de la paroisse Saint-Alphonse, ne pouvant compter sur son nouvel époux, un homme souvent absent vu son travail pour les chemins de fer. Aussi avare de mots qu'un suce-la-cenne économise ses gros sous noirs, la mère de Patrice cachait un cœur d'or sous des dehors austères. Pour ne pas être bavard, Silvio avait de qui tenir, mais quel singulier contraste avec son autre rejeton, l'exubérant Patrice !

Pour la circonstance, elle avait fait un effort de toilette, les cheveux enroulés dans un chignon d'où s'échappaient des mèches indisciplinées et vêtue d'une simple jupe et d'une blouse claire ornée d'un camée antique qu'elle tenait d'une aïeule.

Les yeux mi-clos, madame Lalancette m'avait détaillée point par point dès mon arrivée.

— Eh bien, tu n'es pas bien grosse pour quelqu'un qui lui a donné tout ce tourment !

Mère et fils échangèrent un regard. Elle, tendre et amusé, et Patrice, radieux. Sa mère s'était approchée pour examiner de plus près le collet de dentelle au crochet qui parait mon chemisier blanc.

— C'est beau, ça.

— C'est moi qui l'ai tricoté, madame Lalancette.

Décidément, la mère de Patrice me plaisait. Pour moi, malgré son remariage, elle resterait toujours « madame Lalancette ». Ses yeux s'étaient enfin dessillés et elle m'avait souri franchement.

— Mon garçon t'a choisie, il sait ce qu'il fait. Tu remplaceras la fille que j'ai perdue.

Cette déclaration abrupte signifiant que j'avais ma place dans la famille me la fit aimer d'emblée. Elle m'invita à la suivre dans une cuisine un peu chaotique, où ronflait un grand poêle à bois aux garnitures nickelées et brillantes. Ça sentait bon les pâtés à la viande. Il n'y avait pas grand-chose à faire ; ne restait plus qu'à dresser la table.

— Viens donc m'aider.

Le reste de la famille s'était amené. Deux inconnus m'ouvrirent leurs bras : le fameux oncle François, un homme grand, dégingandé et osseux au point qu'on avait peur d'entendre un bruit de verre cassé lorsqu'il s'assoyait, et sa femme, la tante Hélène.

— Bienvenue dans la famille, chère, m'accueillit la tante en m'embrassant sans façon sur les deux joues.

Les Lalancette formaient une bien modeste tablée par rapport à chez nous, ce qui ne m'empêcha pas de me sentir tout de suite bien parmi eux, privilégiée de devenir leur fille. Peu de mots, mais ô combien de chaleur et d'affection dans ce clan où chacun se préoccupait de l'autre, où l'indépendance d'esprit était élevée en vertu ! Nous nous régalâmes de mets savoureux : des pâtés à la viande accompagnés de légumes d'hiver apprêtés et un gâteau renversé aux ananas en guise de dessert. C'était la première fois que j'en goûtais un.

Au moment de servir, madame Lalancette apporta la théière et ses belles tasses. La tante Hélène me glissa tout simplement :

— Alice, c'est à la fille de la maison de servir le thé.

Ce n'était pas mêlant, j'en eus les larmes aux yeux.

— Tu plais à ma mère, me confia Patrice en me raccompagnant.

— Comment tu le sais ? Elle ne m'a pas adressé plus de cinq phrases.

— Elle t'a souri.

Notre mariage se révéla… un pur enchantement !

C'était l'une de ces heures tranquilles et matinales où nous flânions, blottis l'un contre l'autre, avant que Patrice ne parte travailler. Nous discutions de la possibilité d'avoir un premier enfant. Depuis quelque temps, le désir de mettre au monde l'enfant de l'homme que j'aimais me tenaillait. La vie conjugale était décidément pleine de surprises.

— J'aimerais ça…

— Si c'est ce que tu veux… ma poulette !

— Ne m'appelle pas comme ça !

Mon cher mari affectionnait les mots doux en « ette » ; tour à tour, j'étais « minette », « chouette »… mais « poulette », non !

— Sauf que t'haïs pas ce que je vais te faire, blagua-t-il en cherchant à m'enlacer… ma poulette !

— Oh, toi ! Grand extravagant !

Je me sauvai en riant à l'autre bout de la pièce… Inutilement. En deux enjambées, il me saisit par la taille, me bécota le cou. Il connaissait trop bien mes points faibles, le snoreau. Je frémissais, anticipant les plaisirs à venir. Nous avions appris ensemble les gestes de l'amour et nous étions insatiables l'un de l'autre. Il m'arrivait même de quémander ses caresses, pleine d'audace, devançant ses initiatives. Et pendant qu'entre ses bras je m'abandonnais, il me murmurait des « ma brune, ma reine » et j'avais la certitude de régner sur son cœur. Un long baiser, délicieux frisson, nous mena cette fois encore jusqu'à notre lit.

— Mon grand extravagant…, répétai-je en soupirant.

— Je t'aime, Alice, susurra-t-il après, son doigt glissant tendrement sur mon bras avant de replacer doucement une mèche de cheveux.

Pour mon fougueux époux, tout était si simple. Quant à moi, une sorte de pudeur empêchait ces graves paroles de franchir mes lèvres. J'étais comme une avare qui chérit son trésor, conservant sous clé mes sentiments. Je croyais qu'il le savait, que, de ses yeux qui se perdaient dans les miens, il pouvait lire jusqu'au tréfonds de mon âme. Patrice… que je croyais avoir épousé par intérêt. Patrice, mon amour…

Le jour où monseigneur Labrecque inaugura enfin la nouvelle cathédrale, je m'empressai d'allumer des lampions. Plusieurs lampions. « Merci, petit Jésus ! Maintenant, j'ai Patrice. » Si autrefois quelqu'un m'avait prédit à quel point je serais amoureuse de mon mari, je lui aurais ri au nez.

J'aurais également haussé les épaules si on m'avait vanté les joies de l'amour maternel ! Pourtant, lorsque je compris que j'étais enceinte, une émotion inconnue s'empara de moi. Mon ventre abritait un petit être : notre enfant. La naissance de Lucien, en septembre 1922, m'attira quelques ricanements narquois.

— Hé ! Ç'a été long, cette grossesse-là, se moqua ma mère en apprenant la nouvelle, allusion évidente à ma supercherie pour forcer le mariage.

— Presquement deux ans que t'es mariée… Il sera pas ordinaire, cet enfant-là ! avait renchéri mon père.

Qu'ils jacassent si ça leur chantait ! Je m'en fichais comme de l'an quarante en tricotant petites pattes de bébé, robes minuscules et bonnets assortis. Patrice avait construit un berceau et madame Lalancette, tisserande accomplie, nous avait offert une couverture aux jolies teintes pastel pour accueillir son premier petit-enfant.

Lucien, mon petit ange si plein de vie ! Que je pressais sur mon cœur pour humer sa bonne odeur de nourrisson, que je ne me lassais pas de bercer afin qu'il s'endorme tout contre moi et qui souriait en tendant les bras à son papa qui rentrait du travail. Un papa à qui il ressemblait trait pour trait, la bonne humeur également.

Puis un matin, ses yeux devinrent fiévreux. Une méningite virulente à quinze mois. Le docteur vint souvent avant que mon cher petit garçon ne murmure une dernière fois « maman ». Un chagrin immense vint ressourdre, par trop familier. Au moins, je n'étais plus seule dans ma peine, nous étions deux à pleurer. Il arrivait que, dans mes rêves, la voix de mon enfant se confonde avec celle d'Antoinette. Les mois qui suivirent, je n'allumai plus de lampions à la cathédrale.

Nous n'aurions jamais dû installer le téléphone. C'était moderne, et j'en reconnaissais volontiers l'utilité pour donner rendez-vous à Cécile. Sauf que ma famille aussi possédait un appareil. La modernité avait ses inconvénients.

Ma mère appelait chez nous au moindre prétexte, ce qui me donnait le sentiment d'avoir une laisse autour du cou.

Ce soir-là, quelques semaines après la mort de notre enfant, Patrice venait de décrocher le cornet.

— Non, madame Gagnon… Oui, je comprends que la petite est malade… Alice ne peut pas garder les enfants demain, elle sort avec sa cousine Cécile… Madame Gagnon, ma femme a besoin de se changer les idées… Elle est en deuil, vous vous en souvenez ?... C'est ça, madame Gagnon, bonsoir.

Mon poudrier doré rangé dans mon sac avec un mouchoir brodé, la demie de onze heures sonnant à l'horloge grand-mère qui ornait le mur, j'étais prête à sortir lorsque se firent entendre des toc-toc-toc timides. Surprise ! Sur le pas de la porte se tenaient Alban et Alcide, qui fréquentaient l'école du quartier.

— Paola est malade, me dit le premier.

— Moman a dit que tu nous ferais à dîner, ajouta le second.

Paola... ma petite sœur, née l'été qui avait suivi notre mariage ; elle avait trois ans maintenant. Cette enfant ignorerait toujours le rôle qu'elle avait joué dans mon histoire.

— As-tu fait des tartes, Alice ? demanda Alcide. Sont tellement bonnes, tes tartes.

— Non, pas aujourd'hui, répondis-je, un brin irritée. Retournez à la maison, je ne peux pas vous garder.

Le plus contrariant, c'est que c'est moi qui avais insisté pour prendre un logement rue Morin... pour ne pas être loin de ma famille. Comme si j'avais pour mission de veiller sur eux sans jamais faillir. Encourager mes petits frères qui allaient à l'école à poursuivre leurs études. Donner parfois un coup de main pour dépanner ma mère... ce dont elle abusait allègrement.

Alcide se mit à pleurnicher :

— On a faim, nous autres.

— Tu nous aimes plus, Alice ?

— Alban... Tu sais bien que ce n'est pas vrai. Sauf que je suis une femme mariée et que désormais, c'est à moman de s'occuper de vous autres.

— Popa dit que t'as rien à faire de la journée, que tu peux bien en faire un peu pour ta famille.

Je soupirai, excédée.

— Attendez ici, je téléphone à la maison.

Aucune réponse, évidemment. Et Cécile qui m'attendait en ville... Ma mère, je rêvais de lui tordre le cou !

— Entrez, je vais voir ce que je peux vous servir...

En fin d'après-midi, Cécile déboula chez nous, en furie.

— Te rends-tu compte que j'avais arraché une permission spéciale au Fanal pour prolonger mon temps de dîner ? Je t'ai attendue comme une belle codinde. J'ai fini par penser que t'étais malade !

Je bredouillai des excuses :

— Désolée, j'étais coincée...

Puis j'éclatai :

— Je me suis retrouvée avec les flos sur les bras à l'heure du dîner, moi qui me faisais une joie de cette sortie.

— Pauvre toi !

Pour profiter de sa compagnie, je la raccompagnai chez elle.

— Ta mère, il n'y a rien qui l'achale, commenta à son tour ma tante Magué. Figurez-vous, jeunes dames, qu'elle s'est invitée à dîner avec Antoine et Paola. Finalement, elle a prolongé l'après-midi, restant là à boire du thé et à manger mes biscuits fins.

— Et quand je lui ai rappelé que Cécile avait rendez-vous avec Alice à l'heure du midi, elle a fait la surprise, ajouta ma tante, indignée.

— Je n'ose penser à la réaction de Patrice quand il va apprendre le dernier tour de ma mère.

— Ton chapeau puis ton manteau, on a une visite à faire, décréta mon mari.

La famille était à table, les fourchettes restèrent suspendues dans le vide quand nous fîmes notre entrée chez les Gagnon. Mon mari contenait sa colère.

— Tu parles d'une heure pour arriver chez le monde! rouspéta mon père.

— Vous venez vous quêter un souper? plaisanta Alphonse.

Oh, là! Si les yeux de Patrice avaient été des fusils, mon frère aurait été étendu de tout son long sur le misérable plancher de cette cuisine.

— Apprends que Patrice Lalancette ne quête pas. Et vous, le beau-père, vous allez voir que je n'en ai pas pour longtemps.

Un court silence accueillit ces derniers mots avant d'être rompu par ma mère, toute mielleuse:

— Que nous vaut le bonheur d'une visite, mon beau Patrice?

— C'est justement à vous que je veux parler, madame Gagnon. Hier soir, au téléphone, je croyais vous avoir clairement expliqué qu'Alice avait une sortie aujourd'hui!

— C'est drôle, je m'en souviens pas.

Ma sainte mère qui jouait l'innocente: deux grands yeux ahuris. Devant autant de mauvaise foi, Patrice serra les poings.

— Votre fille, madame Gagnon, a besoin de distraction, c'est le docteur qui l'a recommandé. Ce qui ne vous a pas empêchée, ce midi, de lui mettre vos enfants dans les pattes.

— Voyons, moman, vous avez pas fait ça! s'indigna le fidèle Albert qui commençait à comprendre.

— Calvaise ! jura mon père. Tout un grand-talent de venir lancer des accusations dans ma maison ! On la connaît, ta femme : une capricieuse ! M'est avis que tu devrais en prendre et en laisser.

Je blêmis sous l'injure. Patrice attrapa ma main, m'intimant de me taire.

— Vous, le beau-père, c'est la dernière fois que je vous entends jurer après ma femme !

— Seigneur, mon gendre ! commença à se justifier ma mère d'un ton qu'elle voulait doux. La ligne était tellement mauvaise, puis t'en fais toute une histoire. Le téléphone, c'est pas fiable.

— C'est ça que je pense aussi, madame Gagnon. Alice et moi, nous sommes venus jusqu'ici en laissant notre souper sur la table pour qu'on se comprenne bien. À partir d'aujourd'hui, plus un Gagnon ne met les pieds chez nous sans y être invité. À l'inverse, j'interdis formellement à Alice, madame Lalancette, ma femme ici présente, de venir dans cette maison sans que je ne sois avec elle. Est-ce assez clair ? Pas de grichous sur la ligne, cette fois ? Viens, Alice, rentrons.

— Bonguienne, Alice, il y en a pour une armée ! constata Patrice en rentrant le lendemain soir.

Une dizaine de mes fameuses tartes refroidissaient sur la table. L'habitude de préparer des repas pour une famille nombreuse… famille qui héritait la plupart du temps de nos surplus.

— Ne t'inquiète pas, je vais t'aider à passer à travers, promit Silvio avec gourmandise.

Mon jeune beau-frère – devenu moins timide ou plus bavard – venait d'emménager chez nous, occupant la deuxième chambre de notre logement.

— Je pourrais peut-être en donner quelques-unes pour mes petits frères, proposai-je en douceur, comme si je marchais sur la pointe des pieds, tout en servant un bœuf à la mode longuement mijoté.

— Nous n'avons pas à nourrir ta famille, gronda Patrice.

Au dessert, ils réclamèrent chacun une deuxième part de tarte.

— C'est vrai qu'elles sont bonnes, tes tartes, me félicita Silvio-le-gourmand.

Patrice se contenta d'un petit sourire. Il n'arrivait pas à m'en vouloir, il était incapable de rester fâché longtemps, je le savais.

La conversation glissa sur le chantier du barrage que la Price Brothers élevait sur la rivière Chicoutimi. La construction achevait, Patrice et Silvio se retrouveraient bientôt sans travail.

— Pas pour longtemps, m'expliqua mon mari. Quand un chantier s'achève, un autre s'élève ailleurs.

Plus tard, une fois que nous fûmes seuls dans notre chambre, Patrice revint sur la question de ma famille.

— Petit Jésus ! C'est plus fort que moi. Depuis que je suis petite, je m'occupe d'eux. Les laisser se débrouiller est au-dessus de mes forces.

— Ils t'ont bien domptée, ma chouette. Exception faite d'Albert, ils te croient tous à leur service.

— C'est comme une mauvaise habitude dont on n'arrive pas à se débarrasser.

— Compte sur moi pour t'aider à t'en défaire, me promit Patrice.

Je préférai annoncer la nouvelle au téléphone. C'était plus facile que de lire dans leurs yeux que j'étais une lâcheuse, que je les abandonnais.

— C'est comme ça, moman, on part au lac Saint-Jean… Patrice, avec ses certificats puis son talent, il a été engagé en un tour de main au chantier de la centrale de l'Isle-Maligne… Oui, ingénieur stationnaire, c'est une chance… Le plus grand barrage du monde ! Bien sûr, moman, ça me fait de la peine de m'éloigner. Vous comprenez, je dois suivre mon mari. Oui… Difficile avec les enfants… je comprends. Faut être plus sévère, moman, combien de fois faut que je vous le dise… Nous autres ? Non, on n'empêche pas la famille… À part de ça, vous n'êtes pas le curé ! Silvio ? Il reste à Chicoutimi, une job à Arvida, à l'usine d'aluminium. Les jobs tombent toujours dans les mêmes mains ? C'est ça que ça donne, étudier… Le logement pour Alphonse ? Ce n'est pas moi qui décide, moman. Faut en parler à Patrice.

Ouf ! Quand je raccrochai, je tremblais. Puis soudain, je me mis à gambader de joie. Libre ! J'étais libre !

Plus tard, les quatre coups reliés à notre ligne résonnèrent dans notre petit logis. Patrice répondit :

— Le logement pour Alphonse ? Ce n'est pas possible, monsieur Gagnon. Hélas, il est déjà pris… Vous dites que j'aurais pu penser à mon beau-frère ?… Le garder dans la famille ? C'est encore mieux, monsieur Gagnon. C'est mon frère Silvio qui l'occupera durant notre absence. Vous voyez, on pense pareil.

Chapitre 8

Cathédrale de la modernité

Nous arrivâmes à Saint-Joseph-d'Alma au printemps de 1924. À cet endroit, le lac Saint-Jean se déversait dans la Petite Décharge et la Grande Décharge, deux bras de rivière entrecoupés d'îles qui finissaient par se rejoindre en aval pour former le Saguenay. Située à proximité de la Petite Décharge, notre nouvelle paroisse, à peine plus grosse qu'un village, se donnait pourtant des airs de ville. Étrangement, dans la rue Sacré-Cœur, bordée de commerces et qui débouchait sur une place où s'élevait une jolie église en pierres grises, on aurait pu se croire dans une tour de Babel. On y rencontrait des Finlandais, des Polonais, des Irlandais en plus des Anglais, et surtout des Canadiens français provenant de partout au Canada, tous venus travailler au chantier de l'Isle-Maligne. Des Américains aussi, puisque c'était eux qui avaient l'argent.

Il fallait s'habituer à tout. Des luthériens ou des protestants épousaient des Canadiennes catholiques. Ces gens élevaient leurs enfants dans la vraie religion, c'était déjà ça.

À peine nos valises déposées dans notre nouveau logement, Patrice m'entraîna jusqu'aux abords de l'île pour me faire admirer le gigantesque chantier qui le faisait tant rêver.

— Nous sommes devenus le point de mire du Canada tout entier. Et moi, Patrice Lalancette, je vais contribuer à édifier la centrale électrique la plus puissante du monde.

D'impressionnants échafaudages de bois entouraient le barrage, cet imposant ouvrage hérissé de nombreuses grues et dont les immenses caissons de bois attendaient qu'on y coule des centaines de milliers de pieds cubes de ciment. Huit constructions harnachaient la Grande Décharge, permettant ainsi de hausser le niveau du lac afin de faire tourner les turbines.

— Elle produira assez de courant électrique pour alimenter toute la région, et même jusqu'à Québec, expliqua Patrice.

À l'entendre, nous étions devant la huitième merveille du monde. Les pharaons de l'Égypte ancienne, comme je l'avais lu dans la *Revue moderne*, n'avaient certainement pas été plus fiers en contemplant leurs pyramides que Patrice ne l'était devant son barrage. Et s'il fallait le croire, la fée Électricité nous réservait d'autres miracles.

— Le jour n'est pas loin où le charbon et le bois seront remplacés par l'électricité. Déjà, les rues de Québec et de Montréal sont traversées par les petits chars électriques.

— À Chicoutimi, ça fait longtemps que le monde s'éclaire à la lumière électrique !

J'étais prête à défendre la modernité de ma ville, mais Patrice était parti sur sa lancée :

— Tu imagines, des maisons chauffées à l'électricité ?

— N'exagère pas, Patrice !

— Femme de peu de foi. Et puis, regarde comment c'est beau… Une cathédrale des temps modernes !

Moi, je voyais surtout des torrents d'eau qui se déversaient, j'entendais le grondement des forges et des trains qui circulaient sur deux chemins de fer pour transporter les matériaux. Ici, conjuguées à celle des hommes, les forces de la nature manifestaient leur puissance. Patrice semblait hypnotisé.

À croire qu'il demeurait sourd à l'effroyable fracas du torrent. Je réprimai un frisson.

Mon mari gagnait un bon salaire ; pourtant, rue Saint-Joseph, nous étions confinés dans un petit logis de quatre pièces, garni d'un ameublement modeste, loin des tapis flamboyants et des meubles vernis espérés et promis.

— Nous sommes ici pour deux ans tout au plus. En attendant, tu es à l'abri des Gagnon. Profites-en.

— Nous ne connaissons personne.

— Sois confiante, ma minette grognonne. Ici, les gens apprennent vite à se connaître.

Le temps ne tarda pas à donner raison à Patrice puisque je fis la connaissance d'une voisine dont le mari polonais portait un nom de famille imprononçable.

— Flavie Savinsky, madame Lalancette.

Nous nous liâmes rapidement d'amitié, nos époux travaillant sans relâche, six jours sur sept. Elle me rappelait Juliette, avec son humeur égale et son regard tranquille.

— Et si nous nous appelions par nos prénoms ? suggéra ma nouvelle amie qui, tout comme moi, n'avait aucune famille à Alma. C'est plus simple, et puis nous sommes du même âge.

Originaire de Québec où elle avait rencontré son mari, Flavie attendait son premier enfant. Quant à Ivan, c'était un homme aux yeux clairs et aux cheveux noirs coupés ras, le visage taillé au couteau. Il exerçait le métier de mécanicien et travaillait avec Patrice dans la salle des turbines quand il n'était pas appelé à réparer la machinerie du chantier.

— J'ai succombé au charme slave, riait Flavie en me racontant ses amours. Sa famille a immigré avant la guerre et s'est installée au Manitoba. Ivan est venu tenter sa chance dans l'est du pays, et il m'a rencontrée. Et moi, en l'épousant, j'ai eu l'impression de découvrir le monde. Mes parents n'étaient pas de cet avis : leur fille, marier un étranger ! Le fait qu'Ivan soit catholique, en plus d'exercer un métier qui rapporte un bon salaire, a bien servi notre cause.

Un samedi, j'invitai nos nouveaux amis à venir partager une tourtière qui répandait des effluves appétissants dans la cuisine. Ivan découvrit notre plat régional, tout comme Flavie qui en avait entendu parler, bien qu'elle en ignorât la recette.

— Ce n'est pas compliqué, une tourtière, mais c'est rempli de saveur. Généralement, il s'agit d'un mélange de trois viandes – bœuf, veau et porc – coupées en cubes, avec la même quantité de pommes de terre en dés, le tout assaisonné et cuit au four, dans une pâte, pendant des heures. Et celle que vous allez manger aura aussi un goût de bois, comme on dit chez nous, parce que j'y ai ajouté du gibier, un lièvre que Patrice a acheté à un chasseur du coin.

Flavie avait apporté du ketchup maison qui se mariait divinement avec la tourtière. Nous allions nous régaler !

— Tu ne dégusteras jamais rien de plus typique, mon ami, précisa mon mari en sortant la bouteille de vin Saint-Georges qu'il offrait à la visite. Je te sers un verre, Ivan ?

— Volontiers. Toi, Patrice, tu ne prends rien ?

— Oh, moi ! L'alcool, ça ne me fait pas.

C'était son excuse habituelle à mes frères qui se moquaient de sa tempérance.

— Que voulez-vous ? Chez nous, personne ne prend un coup. C'est un vice de famille !

Ivan eut un petit rire moqueur. Pour ma part, j'approuvai :

— Comme ça, tu n'es jamais déplacé.

— J'en ai vu, des gens manger de la misère à cause de la maudite boisson, expliqua mon mari. Je me suis juré que ça ne m'arriverait pas.

La conversation dévia sur la mort d'Alexis le Trotteur, survenue en janvier dernier. De son vrai nom Alexis Lapointe, l'homme-cheval se déplaçait en courant au grand galop, véritable légende, de Charlevoix au lac Saint-Jean en passant par le Saguenay. Des histoires plus incroyables les unes que les autres circulaient sur son compte.

— Un jour, je l'ai vu mâchonner une poignée d'herbe, raconta Ivan. Un drôle de bonhomme ! Qui hennissait et piaffait comme un cheval.

— Le pauvre gars était quelque peu imbécile, se désola Patrice. Ce qui explique sa triste fin : heurté par une locomotive à laquelle il a voulu se mesurer une dernière fois.

Ce décès tragique avait grossi la liste déjà trop longue d'accidents mortels survenus depuis le début des travaux de la centrale.

— Le chantier de l'Isle-Maligne est un tue-monde, m'affolai-je. Chaque nuit, avant que je m'endorme, l'image de Patrice qui se fait avaler par le torrent vient me hanter.

— Tu te contes des peurs pour rien, ma chouette. Depuis l'âge de seize ans que je travaille sur les barrages, et je suis toujours là.

— Tout de même, insista Flavie. Pas plus tard que la semaine dernière, nous avons enterré monsieur Morel, un électricien mort d'une décharge électrique.

— Ivan et moi travaillons dans la salle des turbines, nous ne risquons rien.

— N'empêche… Nous, les femmes, tremblons chaque jour pour la vie de nos maris.

Flavie approuva en opinant gravement.

— Et si nous changions de sujet ? suggéra Ivan. Cette tourtière est un véritable délice, j'en reprendrais volontiers.

— Avec plaisir, mais gardez-vous une petite place pour la suite : ma célèbre tarte au caramel.

Sans nos nouveaux amis, je me serais ennuyée à mourir à Saint-Joseph-d'Alma.

Patrice et moi allions être dans les honneurs : parrain et marraine du petit Savinsky à naître. Je fis l'achat de quelques pelotes d'une laine douce et fine, idéale pour les nouveau-nés. Le cliquetis des aiguilles à tricoter et les disques de Patrice que j'écoutais sur le gramophone contribuaient à meubler le silence de mes après-midi.

Le jour du baptême, après la cérémonie, nous fîmes une petite fête chez nos amis. Patrice acheta pour Ivan quelques bouteilles de *porter* de la brasserie Champlain.

— J'ai pensé que ça ferait ton bonheur ! Pour ma part, je vais faire comme les femmes et arroser l'événement de liqueur douce.

Ivan décapsula une première bouteille :

— Là, tu parles, mon ami ! déclara-t-il avec son accent guttural si particulier. À mon tour de te faire connaître les délices de mon pays.

Et sur ces paroles, il nous entraîna dans la cuisine où, à l'aide de son canif, il découpa de larges tranches d'un saucisson qu'il avait lui-même confectionné et qu'il nous offrit, déposées sur son mouchoir. Je remerciai sans façon. Patrice, à qui rien ne faisait peur, se régala. Notre ami polonais sourit de contentement.

J'en profitai pour m'éclipser et rejoindre Flavie, confinée à sa chambre le temps de ses relevailles. Notre filleul aux cheveux noirs avait retrouvé son berceau. Profitant du fait qu'il dormait, je déposai entre les mains de la nouvelle mère un paquet emballé dans du papier de soie.

Elle déballa lentement son cadeau, admirant un à un mes chefs-d'œuvre : le nid d'ange, le bonnet et la petite veste assortie, les minuscules chaussons… À cela, j'avais ajouté des petites bavettes de coton brodées par mes soins.

— Alice ! C'est toi qui as tricoté tout ça ? C'est donc beau ! Et ce motif de lapin, sur les bavettes, c'est tellement mignon.

Une fois de retour chez nous, au moment de nous mettre au lit, je suppliai Patrice :

— Jure-moi que tu ne commettras pas d'imprudence.

Il se mit à rire.

— Au rythme où tu enfiles les chapelets, je ne risque rien, ma minette.

— Parce que moi, je m'inquiète. D'autant que… Disons que je n'arrêterai pas de tricoter dans les mois qui viennent…

Mon mari dressa l'oreille.

— Que signifient ces paroles ?

— Que j'attends du nouveau.

Un éclair de bonheur fut sa réponse. Il me prit dans ses bras.

— Tu m'étouffes !

— Je m'en fous, je t'adore, madame Lalancette. C'est pour quand ?

— Fin janvier, début février, si mes calculs sont bons. Alors, tu jures ?

— Non. Je ne jure jamais. Par exemple, je te promets de faire très attention à ton mari.

— Quand même… Demain, j'irai à l'église allumer des lampions. Ça ne peut pas faire de mal.

Chapitre 9

Rébellion

Le téléphone qui sonnait ! Le nombre de coups indiquait que c'était pour nous. Il servait rarement, personne ne nous appelait sauf Flavie. J'avais même suggéré à Patrice qu'on coupe cette dépense, mais il avait protesté :

— C'est utile en cas d'urgence !

— Des urgences, il n'y en aura pas.

— Pense au petit. S'il est malade, tu pourras appeler le docteur.

Notre petit Philippe, né en février 1925, était un bambin bien vivant et rayonnant de santé.

La sonnerie se faisait insistante au beau milieu du bain de Philippe qui s'amusait à m'éclabousser comme pouvait le faire un enfant de quatorze mois.

— Maman !

Chaque fois que je l'entendais, je fondais. Mon cher petit garçon, mon grand désennui ! Sans lui, j'aurais passé seule de longues journées à attendre Patrice, qui travaillait encore douze heures par jour, six jours d'affilée. En plein hiver, c'était la noirceur aller-retour. Petit Jésus ! Que ce chantier finisse, je n'en pouvais plus.

Le temps d'envelopper le petit dans une serviette et de le déposer dans son lit d'enfant avant de courir attraper le cornet.

— L'hôpital de l'Isle-Maligne?... Qu'est-ce que vous me dites, là? Mon mari?... Tombé à l'eau?

Mon cœur subit une violente secousse.

— Il est vivant? Comment?... Vous le gardez pour quelques jours?... Je viens tout de suite.

La personne à qui je parlais énonçait les faits avec parcimonie, comme si le cas de Patrice était quelque chose de banal, puisque le patient avait survécu. J'habillai le petit en vitesse, rassemblai dans un sac des biberons, des couches et quelques effets nécessaires avant d'enfiler mon manteau de drap et d'aller frapper chez Flavie.

De gros flocons mouillés tombaient mollement sur la paroisse en ce mois d'avril tristounet, nous faisant languir du printemps qui refusait obstinément de se montrer le bout du nez. Temps gris souris, humeur chagrine qui incitait à rester chez soi; il avait fallu cet appel de l'hôpital pour réussir à me faire sortir.

Flavie ne fut pas surprise de me voir apparaître: elle avait eu un coup de téléphone de son mari. Ivan lui avait donné un peu plus d'explications que ne m'en avait fourni l'employé de l'hôpital.

— Qu'est-ce qu'il t'a raconté, Ivan?

— Un ouvrier serait tombé à l'eau. Ç'a l'air que Patrice a voulu se porter à son secours. Il est entré dans l'eau froide, il commençait à paralyser quand des gars sont allés le chercher. L'autre homme est mort, ils n'ont pas encore retrouvé son corps. Ivan est tout retourné. Tu comprends, celui qui s'est noyé, c'était un de ses compatriotes.

Flavie et moi échangeâmes un regard:

— Mautadine de chantier!

Elle aussi en avait assez d'attendre le retour de son mari en tremblant.

— Et Patrice?

— Ivan assure qu'à l'hôpital, ils ont réussi à le réchauffer et qu'il va bien. Il ira le revoir pour t'en donner des nouvelles.

— Je n'attendrai pas tout ce temps. J'ai besoin de le voir, sinon je vais souffrir comme un vieil ours en cage. Tu veux bien garder Philippe?

— Ne sois pas inquiète du petit. Et toi, tu sauras te débrouiller?

— Aux alentours de l'église, je trouverai bien quelqu'un qui m'emmènera là-bas.

— Habille-toi chaudement, au moins. As-tu de l'argent?

Pour ça, je n'en manquais pas. Il y avait toujours une bonne somme dans le pot de l'armoire où j'avais récupéré cinq dollars avant de sortir: c'était largement suffisant pour me rendre à l'Isle-Maligne et en revenir.

— Merci, Flavie, de me rendre ce service. Je serai de retour dès ce soir.

Comme prévu, ce fut assez facile de trouver un charretier qui accepta de me conduire jusqu'à l'hôpital. L'homme me largua devant un modeste bâtiment, affirmant que nous étions à destination.

— Vous voulez rire? Je viens de Chicoutimi. Je sais de quoi ç'a l'air, un hôpital!

Près de deux mille personnes circulaient chaque jour à l'Isle-Maligne, les accidents y étaient monnaie courante, même si Patrice tentait de me faire croire le contraire, et cette misérable baraque se coiffait du titre d'hôpital?

— Ben oui, m'dame!

Le bonhomme, nullement impressionné par ma remarque, tendit une main en réclamant son dû.

— V'là votre piastre.

Une fois à l'intérieur, je demandai à voir Patrice Lalancette pour me heurter aussitôt à un mur en la personne d'une garde-malade au ton péremptoire qui m'interdit d'aller plus loin :

— Pas de visite dans la salle.

Elle ne croyait tout de même pas m'impressionner ! Fermement accrochée à mon sac à main, je ne repartirais pas sans avoir vu Patrice.

— Mon mari a failli mourir, laissez-moi passer.

Sous son voile blanc, l'infirmière s'entêta.

— Ce n'est pas la place d'une dame. Je vous assure, madame, que vous ne supporterez pas le triste spectacle des blessés…

— J'ai soigné des malades de la grippe espagnole, vous saurez. Ça suffit comme ça, je veux voir mon mari !

Un docteur revêtu d'un sarrau arriva, s'informant de ce qui causait ce brouhaha. Comme il ne parlait qu'anglais, il m'était impossible de m'expliquer. Et l'infirmière qui me traitait en intrigante… Ne me restait plus qu'à ne pas bouger d'un poil tant qu'on ne me permettrait pas de me rendre au chevet de Patrice. Cela aurait pu durer longtemps quand un autre personnage s'approcha : un homme portant un costume en tweed, l'air assuré. Peut-être parlait-il français, celui-là ? Il vint vers moi.

— Je suis madame Lalancette, j'exige de voir mon mari.

— Alphonse Fréchette, ingénieur, se présenta le nouveau venu.

— Enfin, un Canadien français ! soupirai-je.

— Je suis même le patron de votre époux.

Il se tourna vers ce docteur qui semblait n'éprouver aucune compassion, lui expliquant enfin qui j'étais. Le médecin hocha gravement la tête, faisant signe que non, comme si j'allais m'effondrer.

— Laissez tomber le règlement, docteur Wilson, insista le patron de Patrice.

— Il comprend donc le français, ce médecin-là ?

J'étais insultée de me voir traiter avec autant de mépris. Sans répondre, monsieur Fréchette revint à la charge :

— Je vais accompagner madame Lalancette, docteur.

L'infirmière et le médecin s'éloignèrent tous les deux en haussant les épaules. Qu'ils me fichent patience, j'avais obtenu ce que je voulais.

— Je viens justement de voir votre mari, me confia l'ingénieur. Monsieur Lalancette est une force de la nature, il sera vite rétabli.

Patrice, mon amour…

Assis sur un lit, appuyé contre des oreillers, loin d'être à l'article de la mort, mon mari bavardait tout bonnement avec le voisin, comme s'il ne s'était rien passé. Mon soulagement fit place à la colère.

— À quoi t'as pensé ? Risquer ta vie pour un pur étranger !

— Je me rendais à la gare, il y avait un retard de livraison. Le pauvre diable ! Quand je l'ai vu tomber… Ç'a été plus fort que moi, j'ai sauté à l'eau sans réfléchir. J'ai du sang indien, vous savez, expliqua-t-il à son patron. Le risque, ça ne me fait pas peur…

— Sans même te rappeler que t'avais une femme et un enfant ? ripostai-je. Ton sang indien, ça ne te donne pas le droit de te précipiter dans une rivière, mautadine !

Je luttais entre les larmes et la colère en répétant : « À quoi t'as pensé ? À quoi t'as pensé ? »

— Les reproches de madame Lalancette sont fondés, m'approuva monsieur Fréchette. Vous avez eu beaucoup de chance, mon ami. Même en plein été, le torrent ne pardonne pas. L'homme est mort. Quant à vous, c'est un vrai miracle que vous soyez encore là.

Petit Jésus, je n'avais qu'une envie : le gronder, lui serrer les ouïes comme je le faisais avec mes frères lorsqu'ils faisaient des mauvais coups !

Le patron me dévisageait en retenant un sourire, comme s'il entendait le flot de mes pensées.

— Puisque vous n'avez pas l'air si mal en point, je vais demander au docteur de signer votre congé et je vous ramène chez vous avec votre jeune femme. Avec ma permission, prenez donc trois jours pour vous reposer.

— Pour me faire disputer tout ce temps-là ? plaisanta Patrice en me désignant du chef. Aussi bien être au chantier.

Il jouait nonchalamment avec mes doigts en affichant ce fameux petit sourire qui avait le don de m'agacer.

— C'est ce qu'on verra ! ripostai-je.

Intérieurement, je jubilais. Trois jours entiers à l'avoir tout à moi !

Pourtant, le soir même, juste comme Philippe venait de s'endormir, Patrice m'annonça qu'il retournerait au chantier le lendemain.

— Pas question ! T'as entendu ce qu'il a dit, ton patron. Tu peux prendre trois jours de congé, profites-en pour reprendre des forces, te reposer.

Il s'approcha, me prit par la taille et me serra tout contre lui.

— Ce n'est pas parce que je ne suis pas tenté…

Ses yeux brillaient, il m'embrassa.

— Si tu veux que je te prouve à nouveau ma grande forme…

Je m'abandonnai volontiers à ses baisers, prête à lui donner toutes les raisons de profiter de ces quelques jours. La suite des choses se déroula au creux de notre lit.

Un peu plus tard, j'étais sur le point de sombrer dans le sommeil, quand il murmura :

— Alice, ma minette, je rentre quand même demain.

Je me redressai vivement.

— Non !

— Oui ! Parce que les jours non travaillés ne sont pas payés. La générosité de l'ingénieur Fréchette n'ira pas aussi loin.

— Et puis ? Nous avons des économies.

— Sauf qu'il nous faudra payer la facture du docteur et celle de l'hôpital. Songe à la maison que nous rêvons d'acheter, pas question de puiser dans la cagnotte. Et comme je refuse que tu te prives de quoi que ce soit, trois jours sans salaire, ce n'est pas possible.

— Dis plutôt que tu aimes ton travail plus que ta famille.

— Là, ma chouette, tu es injuste.

Il chercha à m'enlacer, je refusai d'un mouvement brusque. Il se tourna sur le côté, la tête appuyée dans le creux de sa main pendant que moi, assise avec les bras entourant mes jambes, je boudais.

— C'est vrai que j'aime mon travail à l'Isle-Maligne, même si je crois que les patrons abusent de nous, commença-t-il, peu impressionné par mon humeur. Et c'est justement parce que je les connais que je préfère rentrer. Malgré les bonnes paroles de Fréchette, mon absence risque d'être considérée comme une preuve de faiblesse.

— C'est faux ! Ton patron me l'a répété, tu es irremplaçable.

— L'opinion de l'ingénieur ne pèse pas lourd dans l'escarcelle de ceux qui sortent leur bel argent pour faire construire le barrage. Price et les autres sont impitoyables. Il suffira qu'un autre se présente avec les mêmes compétences en acceptant des conditions moindres et ils me montreront la sortie sans que ça leur fasse un pli sur la différence. Et moi, je tiens à aller jusqu'au bout de ce chantier. Maintenant, ma chouette, je dois dormir.

Et comme il possédait la faculté de fermer l'œil aussitôt la tête posée sur l'oreiller, le gredin, il s'endormit ! Il ronflait, l'animal, cependant qu'à ses côtés, bien réveillée, je ruminais de sombres pensées. Ce n'était pas lui qui passait ses grandes journées à se faire du sang noir. Et désormais, il ne pourrait plus m'endormir en se vantant de faire preuve de prudence.

Le lendemain, il chantait et sifflotait en se préparant à partir, c'était presque de l'insolence !

Quelques jours après Pâques – qui avait eu lieu tard en avril, en cette année 1926 –, Flavie vint me voir. Mon amie m'annonça une nouvelle qui me plongea dans la consternation :

— Nous partons. Saint-Joseph-d'Alma, c'est fini. Nous retournons à Québec. Depuis le dernier incident au barrage, mon mari ne cesse de faire des cauchemars. Il revoit le visage épouvanté de l'homme tombé à l'eau. Mon mari ne tient pas à périr sur ce chantier de malheur.

— Sûr que je vous comprends.

Sauf que je perdais ma seule amie. Ensemble, le temps était moins long et nous nous épaulions. J'allais me retrouver seule, chaque jour semblable à l'autre, à attendre le retour de Patrice dans la crainte d'un coup de téléphone et avec pour toute distraction un petit enfant qui prononçait à peine trois mots. Le lendemain, je fis ma valise et pris le train pour Chicoutimi avec Philippe.

Chapitre 10

Régler ses comptes

Le Saguenay était débarrassé de ses glaces, alors que le lac Saint-Jean n'avait pas encore calé; les quais étaient déjà prêts à accueillir les bateaux qui seraient bientôt là.

Ce n'est qu'à la descente du train, alors que je redécouvris ma ville le cœur battant, que je compris à quel point Chicoutimi m'avait manqué. Le bonheur de retrouver le bruissement familier de la rue Racine, l'agitation des voitures et des charrettes qui se disputaient la chaussée de macadam, les boutiques en haut de la côte où un nouveau magasin venait d'ouvrir: Pierre Abraham. Puis le studio Lemay en bas de la côte, le Théâtre populaire et les belles maisons anciennes. Ma ville!

— J'haïs le lac Saint-Jean, avouai-je à ma chère Cécile, chez qui je m'étais présentée sans avertir, avec mon petit et mes bagages. Encore plus que l'Anse-aux-Foins.

Généreuse Cécile! Elle m'accueillit comme si tout était convenu d'avance, sans poser de questions. Le léger arrondi de son ventre annonçait qu'il y aurait du nouveau dans quelques mois. Son visage reflétait un bonheur tranquille.

Son mari, Didier Jean, un cousin éloigné de la famille Belley, était à son travail.

— Tu t'es disputée avec Patrice ?

— Il m'avait promis la belle vie : grand logement, beaux meubles…

— Hum ! Ne t'a-t-il pas offert une de ces merveilleuses lessiveuses-essoreuses électriques à la naissance de Philippe ?

— La vérité, c'est que je me meurs d'ennui à Saint-Joseph-d'Alma. Et puis, on ne sait jamais quand le malheur va frapper. Chaque jour, je me demande s'il rentrera. Un coup de téléphone me fait trembler. Patrice s'en moque, seulement moi, je n'en peux plus d'avoir peur. Si nous allions magasiner ? Je ne t'ai pas encore offert ton cadeau de mariage.

Avant de partir, j'avais pris soin de vider le pot de l'armoire qui contenait toutes nos économies. Riche comme Crésus, petite vengeance, j'étais décidée à tout dépenser… Peut-être pour apaiser cette angoisse qui me tenaillait.

Je confiai Philippe à la voisine de Cécile. Le bonheur de me sentir libre, et quelques heures pour en profiter !

— Entrons, proposai-je à Cécile qui hésitait devant la porte de chez Gagnon et Frères.

— Ça me gêne d'aller faire des achats chez un concurrent de monsieur Carrier.

— Pour ma part, je n'ai aucun remords. Allons, viens…

Je l'entraînai à l'intérieur du magasin, au rayon des accessoires pour la maison. Je me mis à farfouiller sur les rayons, entre la pacotille et la belle vaisselle. Dans un coin, un charmant service à thé attira mon attention. La porcelaine blanche formait de légers plis. La tasse, posée sur la soucoupe, évoquait une fleur entourée de ses pétales, le tout décoré de minuscules fleurs, avec théière, crémier et sucrier à l'avenant. C'était à la fois original et ravissant.

— Celui-ci me plaît ! Et à toi ?

— Que c'est joli, ce motif ! s'extasia Cécile. Et si délicat.

Un commis apparut.

— Mesdames, je vous félicite pour votre bon goût. Le motif "petites fleurs" est des plus élégants.

Avec précaution, il retourna une soucoupe pour nous montrer la marque : Alisbury Bone China. Son doigt se promena délicatement sur la bordure dorée de la tasse.

— Notez l'extrême finesse de cette porcelaine anglaise.

J'approuvai du chef. Cécile me poussa discrètement du coude.

— C'est bien trop cher !

— Si ça te plaît, le prix me convient. On le fait emballer ?

— Nous avons également la vaisselle assortie, mesdames.

Affable, le commis désignait le service au complet dans le but de nous faire acheter davantage. Ce qui m'agaça.

— Ma cousine décidera pour la suite. En attendant, préparez un paquet pendant que nous allons dans les autres rayons.

J'avais envie de nouvelles chaussures pour le printemps. Sur le présentoir, des escarpins follement élégants, gris perle, ma couleur préférée, me faisaient de l'œil, avec leurs talons hauts et leur fine bride sur le coup de pied.

— Tu ne te prives pas, remarqua Cécile.

— Je fais pourtant attention à la dépense. Souliers, robes, sacs à main… Quand j'ai besoin de quelque chose, je ramasse l'argent et en attendant, j'y pense longuement. Chez nous, celui qui dépense sans compter, c'est Patrice.

Sauf que mon regard s'arrêta sur un irrésistible petit sac à main, une pochette de la même teinte que mes nouvelles chaussures.

Cécile eut un regard moqueur.

— Très raisonnable, en effet !

— Une fois n'est pas coutume. Et puis, ça fait l'ensemble.

Au rayon des enfants, j'achetai un mignon habit de marin pour Philippe, une robe pour ma petite sœur Paola, des bas fins et des gants pour ma mère. Après tout, elle n'avait pas eu la même chance que moi et j'avais envie de lui faire plaisir. Et peut-être de me faire pardonner de retarder autant ma visite rue Morin.

— Pour finir, j'ai besoin de laine à tricoter, la plus douce possible.

— Hum ! Et pourquoi cette jolie laine fine comme tout ? demanda ma cousine.

— Rien…

La fine mouche avait deviné : j'étais enceinte. C'était mon secret et pour l'heure, je n'avais pas envie de le confier à qui que ce soit.

Nos emplettes terminées, comme nous étions chargées de paquets, un employé proposa d'aller nous chercher une voiture au kiosque de la cathédrale. Nous attendions sur le trottoir quand notre ancien employeur, monsieur Carrier, qui logeait au-dessus de son magasin, sortit de chez lui. Nous reconnaissant, son visage s'illumina d'un grand sourire.

— Que vois-je ? Des filles de chez Carrier qui encouragent la concurrence ?

Cécile devint écarlate, comme prise la main dans le sac. Pour ma part, je ne me gênai pas pour livrer le fond de ma pensée :

— Il y a des années déjà que je ne mets plus les pieds chez vous, monsieur Carrier. C'est ce qui arrive lorsqu'on maltraite les gens.

— À quoi faites-vous allusion, mademoiselle Gagnon ?

— Madame Lalancette, s'il vous plaît.

— Acceptez mes excuses. J'ignorais totalement votre nom de femme mariée.

— Et moi, je me rappelle comment votre gérant m'a congédiée comme une malpropre.

Comme monsieur Carrier faisait l'innocent, Cécile finit par résumer l'incident.

— Première nouvelle ! J'en suis consterné, croyez-moi. À l'époque, monsieur Côté m'avait bel et bien affirmé que vous aviez laissé votre emploi pour vous marier. Dorénavant, j'espère avoir l'honneur de votre clientèle, madame Lalancette.

— Quand Alice Gagnon dit quelque chose, elle tient parole, même devenue madame Lalancette. À bon entendeur, monsieur Carrier !

La voiture promise arrivait. Mon ancien patron resta sur le trottoir avec ses excuses. Je devais l'avouer, petit Jésus, cette vengeance m'avait procuré un immense plaisir.

Le lendemain, des fleurs furent livrées chez Cécile à mon intention. Mon cœur bondit. Je crus que c'était Patrice. Quelle ne fut pas ma déception quand je lus la carte qui l'accompagnait. Il y était inscrit : *Avec mes hommages, Carrier.*

— Quelle délicate attention, Alice ! Monsieur Carrier lui-même ! Il tient à ta clientèle.

— S'il pense m'acheter avec un bouquet de fleurs, il se trompe.

J'allais les jeter à la poubelle quand Cécile m'en empêcha.

— Elles sont belles. Ce serait du gaspillage de s'en débarrasser. Profitons-en, plutôt !

Philou fut heureuse de me revoir et de faire la connaissance de Philippe.

— Le bel enfant tout souriant ! Tout le portrait de son père.

Je rougis jusqu'à la racine des cheveux.

— Tu n'es tout de même pas partie sans avertir Patrice ?

— Je lui ai laissé un mot sur la table de la cuisine.

— Alice !

Son chuchotement était lourd de reproches. Mais que connaissait-elle des aléas de la vie conjugale ?

— Je n'avais aucune envie de parlementer, de m'expliquer.

— Dis surtout que tu étais enfermée dans un entêtement digne d'une Gagnon. Ce pauvre Patrice a été mis devant le fait accompli : sa chère épouse et son enfant envolés.

— Je lui ai écrit la vérité : que je m'ennuyais de Chicoutimi, que j'avais besoin d'aller faire un tour.

— As-tu pensé qu'il s'inquiéterait ?

— Patrice, s'inquiéter ? Eh bien, tant mieux ! Moi, ça fait deux ans que je me morfonds dans notre logement étouffant, à trembler d'angoisse dans la crainte d'apprendre une mauvaise nouvelle.

— Et maintenant que tu as réglé tes comptes, que vas-tu faire ?

Impitoyable Philou…

— Je ne sais pas.

— Et ta mère, comment trouve-t-elle son petit-fils ?

— Je ne l'ai pas encore vue, avouai-je. Je retarde ma visite rue Morin, c'est bête, je ne sais pas pourquoi.

— Alors, qu'est-ce que tu attends ? Les nouvelles voyagent vite à Chicoutimi. Marie et Honoré sont certainement au courant que leur fille est en ville.

J'opinai en soupirant. La sœur auditrice toussota pour signaler que notre entretien avait assez duré. Obéissante, ma chère Sainte-Blandine me dit adieu pour suivre sa compagne. Avant de s'engouffrer dans les profondeurs mystérieuses du monastère, elle se retourna pour ajouter :

— Alice… Peut-être as-tu peur ?

— Peur de quoi ?

— De constater que ta famille t'a manqué.

Non, ils ne m'avaient pas manqué. Je le remarquai dès que la porte se referma derrière moi.

— Tiens, regardez-moi donc qui s'amène ! Madame Lalancette qui daigne faire une visite à sa famille !

Mon père ! Son ton en disait déjà long : lâcheuse, traître à la famille…

— Habillée comme une princesse à part de ça, ajouta ma mère en reluquant mon ensemble de voyage : une jupe de fin lainage plissé dont l'ourlet descendait sous le genou, comme le voulait la nouvelle mode, avec un haut assorti. Ça te gêne pas ?

Moi qui leur envoyais régulièrement des mandats-poste… Ce qui déplaisait souverainement à Patrice, même s'il me laissait faire.

Ma sainte mère qui voulait tant faire pitié, au point de repousser le cadeau que j'avais acheté pour elle, se contentant d'ouvrir le paquet destiné à ma petite sœur.

Pour ne pas tomber dans de vieilles ornières qui risquaient de me blesser, je préférai ignorer leur attitude dédaigneuse. Après m'être informée des dernières nouvelles, j'entrepris de raconter ma séance de magasinage avec Cécile.

— Un beau set à thé anglais. Elle est chanceuse, Cécile, ajouta ma mère, hargneuse. Il te viendrait pas à l'idée de nous en acheter un pareil.

— En avez-vous seulement besoin? Je viens d'acheter une belle robe pour la petite. Ce n'est pas assez?

— Puisque t'en parles, si t'avais un petit cinq dollars, ça nous aiderait en masse, dit mon père, sans gêne.

Cinq dollars! C'est tout ce qu'il me restait dans mon sac.

— Quand j'ai perdu mon emploi chez les Dubuc, on a été obligés de vendre la maison. On paye un loyer à présent.

— Pourquoi vous avez fait ça?

— L'année dernière, il a fallu hypothéquer. Ensuite, on a eu des paiements en retard. Mais on s'est arrangés. Le nouveau propriétaire a accepté de nous garder comme locataires.

La maison vendue! Albert s'était bien gardé de me l'écrire. Pour ne pas m'inquiéter inutilement, et, j'en étais certaine, prendre sur ses seules épaules une large part des responsabilités familiales.

— Qu'est-ce que vous faites avec l'argent que vous donne Albert?

— Tu penses que c'est assez pour faire vivre neuf personnes?

— Et Adélard? Et Alphonse? Ils payent une pension convenable, toujours?

— Faut toujours que tu t'en prennes à Alphonse, hein, Lauretta.

— Alice, moman.

Je soupirai plutôt que de rager. Elle répétait comme une litanie que tout coûtait cher. Pour ne plus l'entendre, et surtout pour faire taire cette petite voix intérieure pleine de reproches, je lui remis le contenu de mon porte-monnaie.

— C'est tout ce que je peux faire.

Enfin satisfaite, elle déballa son présent:

— Les beaux gants! Je vais les mettre pour la messe.

Elle s'empressa de les ranger dans sa chambre sans l'ombre d'un merci. Une fois de retour dans la cuisine, elle tendit les bras vers Philippe:

— Donne-moi ce bel enfant, que je le berce un peu.

Philippe se laissa faire volontiers, ma mère ayant le tour avec les tout-petits. J'en fus presque jalouse. Des réminiscences de cette même chaise berçante dans la cuisine de la maison de l'Anse-aux-Foins remontèrent dans ma mémoire. Ma mère qui berçait ses bébés en donnant le biberon, ma mère chantonnant une berceuse, ses bras enveloppants pour les petits… jamais pour moi qui, devant le poêle, faisais à manger pour tout le monde. Ma mère qui faisait des mamours à mon fils.

— Il ressemble à son père.

La vieille douleur se réveilla en douce. Pour ne pas y penser, je tendis les bras à ma petite sœur Paola, âgée de quatre ans. Avec cette timidité qu'ont les enfants devant un adulte qu'ils ne connaissent pas, elle n'osait s'approcher. Petite sœur que j'avais à peine vue, et qui n'éveillait aucun des sentiments que j'avais ressentis pour Antoinette. L'enfant alla se réfugier contre notre mère qui, dans un mouvement machinal plein d'affection, lui caressa les cheveux. Ce simple geste me heurta.

Ma mère et sa fille… Je ne faisais pas partie du portrait.

— Il est à nous, le beau bébé, moman? Je peux jouer avec lui?

Ce n'était qu'une innocente réflexion d'enfant, mais Dieu qu'elle me tritura le cœur:

— Non, c'est mon bébé! fis-je en arrachant Philippe des bras de ma mère.

Ma sœur se mit à chigner. Je ramassai mes affaires en prétextant que Cécile nous attendait pour le souper.

— Tu reviendras nous voir, hein, Lauretta ? demanda ma mère.

Je fis la sourde.

Je ne pouvais encombrer Cécile indéfiniment. Silvio, qui occupait toujours notre ancien logement, proposa de me conduire à Saint-Alphonse chez ma belle-mère.

— Elle a hâte de voir Philippe.

La mère de Patrice était ravie, en effet.

— Tu vas rester quelques jours, ma bru ?

Les demi-sœurs de Patrice et Silvio, Angélique, quatre ans et Flora, un an, avaient rapidement adopté Philippe comme leur frère. J'avais apporté de modestes présents. Pour les fillettes, chacune une jolie robe achetée rue Racine.

À ma belle-mère, je remis un paquet mou. Elle prit son temps pour dénouer le ruban, comme si elle allait découvrir un trésor précieux. Le plaisir de voir ses yeux briller durant qu'elle déployait le centre de table que j'avais crocheté à son intention…

— C'est bien beau, ma fille ! me complimenta-t-elle en le déployant avec précaution sur la table pour l'admirer.

— Vous qui êtes toujours derrière votre métier à tisser, j'ai pensé que vous manquiez de temps pour tricoter.

— Astheure, parle-moi de mon garçon.

Assise devant une tasse de thé noir trop fort à mon goût, je parlai d'Alma, décrivis l'immensité du barrage de l'Isle-Maligne et les longues heures qu'exigeait le travail de Patrice.

— Tu t'inquiètes, je comprends, mais il est heureux, ça compte ! Sois patiente ! Dès qu'il le pourra, mon fils te traitera comme une reine. Quand Silvio reviendra te chercher, tu reprendras le train pour retourner au lac.

De la bouche de ma belle-mère, c'était un long discours et un bon conseil.

— Vous avez raison, la punition a assez duré. Et puis, je m'ennuie.

Ses yeux se plissèrent et un sourire apparut sur son visage.

Silvio était là… Puis à ma grande surprise, Patrice se planta dans le cadre de porte avant de me prendre dans ses bras pour me serrer fort. Je le laissai faire avant de protester :

— Tu m'étouffes !

— Tu ne l'as pas volé ! Me faire des peurs pareilles.

— Et ma lettre ? Tu n'avais pas à t'en faire.

— C'est pour ça que je suis venu te chercher.

— Tu n'es pas fâché ?

— C'est toi qui as raison. C'est un travail de fou.

Ma belle-mère nous observait du coin de l'œil.

— On s'explique mieux en personne. Et puis… apparence que ta femme attend du nouveau.

Patrice leva vers moi un visage au comble du bonheur.

— C'est vrai ?

— Comment l'avez-vous deviné, madame Lalancette ? Ça ne se voit pas encore.

— Les yeux d'une femme enceinte, ma bru, ça parle d'eux-mêmes. Je pourrais même te révéler le sexe, sauf que si je me trompais, tu serais déçue.

— Je vais finir par penser que vous êtes un peu sorcière. Écrivez-le sur un papier que vous mettrez dans une enveloppe scellée. Nous verrons bien !

Ma proposition la fit bien rire. Le plus drôle fut qu'elle s'exécuta.

— Je jure de l'ouvrir après la naissance.

— Jure pas ! C'est pas bon pour le petit, me conseilla-t-elle en me tendant l'enveloppe qui prit le chemin de mon sac à main. En attendant, t'as besoin de reprendre du mieux pour nous faire un aussi bel enfant que celui-là.

— C'est pour ça qu'on ne retourne pas à Saint-Joseph-d'Alma.

Patrice se donnait soudain des airs mystérieux. Qu'allait-il encore me sortir, mon grand extravagant ?

— Chez Maria ? interrogea ma belle-mère.

— Vous, sa mère, je ne sais pas dans quel moule on vous a fabriquée, mais comme toujours, votre conseil était bon. Figure-toi, ma minette, que ma tante Maria, une des tantes Harvey, habite Chambord. Son mari s'occupe d'une ferme expérimentale, mes cousins Edgar et Pierre-Marie étudient au séminaire, mais passent leurs vacances d'été à la ferme. Tout ce beau monde est prêt à te recevoir avec le petit. Comme ça, tu ne seras plus seule. Et je te promets solennellement devant ma mère que je viendrai te voir chaque dimanche.

— Des semaines avec moi et le petit ? Ta tante, t'es sûr que ça ne la dérangera pas ?

— Pas une miette. Toutes les tantes Harvey sont fines. Pas vrai, Silvio ?

— Toutes les tantes, notre mère itou, approuva mon beau-frère.

— Je m'en veux de ne pas y avoir pensé avant, enchaîna Patrice, qui n'arrêtait pas de trouver l'idée excellente. Chez ma tante Maria, tu seras comme un coq en pâte, ma poulette !

Silvio s'esclaffa. Je sortis mes gros yeux.

— Tu sais que j'haïs ça, quand tu m'appelles de même…

Mon mari se mit à rire et répéta, malgré mes protestations :

— Ma poulette en pâte ! Et vous, comment vous remercier, sa mère ?

— Tu vas me chanter le *Credo du paysan*. Ton père aimait tant l'entendre. Et puis, j'ai mes ennuyances, moi aussi.

Madame Lalancette prit place dans la berceuse, la petite Flora réfugiée dans ses bras. Silvio attira Angélique près de lui et moi, j'installai Philippe sur mes genoux. Patrice se campa au beau milieu de la cuisine et entonna le chant :

L'immensité, les cieux, les monts, la plaine
L'astre du jour qui répand sa chaleur
Les sapins verts dont la montagne est pleine
Sont ton ouvrage, Ô divin Créateur
Humble mortel devant l'œuvre sublime
À l'horizon, quand le soleil descend
Une faible voix s'élève de l'abîme
Monte vers toi, vers toi, Dieu tout-puissant

Cette voix juste, naturelle, puissante et superbe, qui remplissait la pièce et nous transportait dans un monde absolu de beauté, c'était véritablement un don de Dieu. Et moi, j'étais la femme de cet homme. Il m'aimait, je frémissais à cette pensée, profondément émue. Un coup d'œil à mon impassible belle-mère m'apprit qu'elle aussi avait l'âme chamboulée. Une larme glissa doucement sur sa joue sans même qu'elle fasse un geste pour la retenir.

— Pas besoin d'aller à la messe, murmura-t-elle pour elle-même, mots que je saisis, forte d'une longue pratique à écouter le marmonnage de ma chère Sainte-Blandine.

Patrice étira sa dernière note et contempla sa mère avec tendresse. Il venait de lui offrir le plus beau des cadeaux. Elle, plus que jamais, demeura silencieuse, laissant s'échapper la petite Flora qui s'élança joyeusement dans les bras de son grand frère Patrice, et ma belle-mère fila vers la grange, prétextant qu'une vache allait bientôt vêler.

Chapitre 11

L'air du Lac

Chambord... Peu importe où se posait le regard, l'horizon s'accrochait au ciel, se confondant avec l'immensité du lac Saint-Jean, véritable mer intérieure, avec ses petits villages essaimés dans la grande plaine et ses fermes aux champs parfaitement découpés. Était-ce à cause de la pureté de l'air ou de ce ciel parfaitement bleu de fin de juin ? À la ferme de la tante Maria et de l'oncle Désiré, j'étais heureuse.

La tante Maria et l'oncle Désiré... la joie de vivre incarnée. Elle, le visage avenant, élancée comme toutes les filles Harvey – ainsi que Patrice désignait affectueusement ses tantes –, plus coquette que son aînée, avait des manières exquises. Son tablier retiré, on remarquait qu'elle se vêtait avec goût. Une broche brillante refermait même un corsage légèrement échancré. Lui, avec son visage rubicond, affichait une inébranlable bonne humeur.

Chez eux, je ne craignais ni les coups de téléphone imprévus ni les visites annonçant les mauvaises surprises. La sainte paix !

Avec la tante Maria, je préparais le souper. Nous nous étions tout de suite bien entendues, elle et moi.

— Contente, Alice ? Ton mari arrive ce soir, et pour de bon.

— Ma tante, la fin du chantier de l'Isle-Maligne me comble de bonheur. Finis les cauchemars, terminées les inquiétudes.

— Nos maris, nos enfants… L'inquiétude, ma nièce, c'est le fardeau des femmes. C'est comme moi. J'ai bien hâte de les revoir, mes deux escogriffes, je m'ennuie sans bon sens !

Edgar et Pierre-Marie, les fils de Maria et Désiré, fréquentaient le séminaire de Chicoutimi, se destinant tous les deux à la prêtrise. Edgar souhaitait devenir missionnaire en Afrique ; Pierre-Marie rêvait quant à lui de se rendre à Rome.

— Dire qu'il y a des monastères dans la région ! Ils auraient pu rester auprès de moi, sauf qu'ils veulent voir le monde !

Elle avait noté cela d'un ton compréhensif et plein de tendresse.

— Qu'allez-vous faire lorsqu'ils partiront à l'étranger ?

— Ne me restera plus qu'à attendre leurs lettres. Rappelle-toi que les enfants nous sont prêtés, Alice, et que Dieu nous demande d'accepter le destin qu'ils choisissent. Oh ! je ne suis pas à plaindre ! Avec une exploitation agricole comme la nôtre, les occupations ne manquent pas !

L'oncle Désiré était agronome. Il dirigeait une ferme modèle que subventionnait le gouvernement afin d'améliorer les méthodes d'élevage des chevaux. Tante Maria tenait les comptes.

— Je veux faire de nos cultivateurs de fiers agriculteurs, des hommes modernes dotés de moyens modernes, répétait l'oncle. Finis le soc et la charrue. Les machines à moteur accompliront les dures tâches, des agronomes enseigneront comment augmenter le rendement des terres. Car un pays ne peut se passer de ses agriculteurs.

— Le retour de Patrice, ça signifie que vous allez être libérée de votre fardeau.

— Allons donc, qu'est-ce que j'entends ? Toi et ton petit garçon, vous avez apporté de la joie dans cette maison, c'est une grâce du bon Dieu.

— Ce serait à moi d'être reconnaissante, ma tante. J'ai été si choyée ces dernières semaines… j'ai l'impression de vivre dans du coton. Pas une fois je n'ai eu à lever le petit doigt depuis que je suis chez vous.

— Des propos grandement exagérés, ma nièce. Tu n'es pas paresseuse. Bien au contraire, tu t'occupes de vos affaires, la lessive et tout ça. Et puis, j'apprécie la compagnie féminine. Ça me manque, moi qui ai été élevée avec une bande de sœurs sur une terre de cultivateur.

— Patrice m'a raconté. Chez les Harvey, toutes les filles participaient aux travaux de la ferme.

— Il le fallait ! Nous n'avions qu'un frère. Par contre, ici, c'est une ferme moderne avec des commodités. Sinon, j'aurais peut-être fait comme toi, Alice, et rejoint la ville.

— Je dois l'avouer, c'est un autre monde, ma tante. Je m'étonne d'éprouver autant de bonheur à être à la campagne, moi qui ai tant détesté ma vie à l'Anse-aux-Foins. Notre petit Philippe a largement profité, il est tout hâlé par le soleil, il a forci.

— Hélas ! Ton fils aime la ferme, me taquina la tante qui, en réalité, n'avait ni à traire les vaches ni à nettoyer le poulailler, puisque l'oncle employait des travailleurs agricoles.

L'oncle Désiré, parti chercher Patrice à la gare, passa la porte sur ces entrefaites en annonçant :

— Je vous ramène notre travailleur du Grand Barrage !

Patrice le suivait. Posant son bagage sur le sol, il embrassa sa tante avant de me serrer dans ses bras pour me bécoter jusqu'à ce que je ne puisse plus respirer.

— Ma minette !

— Grand extravagant ! protestai-je, le repoussant tout en souriant. Lâche-moi, tu m'étouffes.

— Qui donc maltraite une aussi gente dame ?

Patrice, qui souleva au bout de ses bras un petit Philippe tout content de revoir son papa, me présenta ses cousins qui embrassaient leur mère.

— Voici donc cette aimable cousine dont nous avons tant entendu parler !

Celui qui me saluait de regards admiratifs était Edgar.

— Puis ce petit bonhomme, c'est ton fils ? demanda-t-il à Patrice. Une belle créature de même, puis un aussi bel enfant, je suis franchement jaloux.

— Ah ! Vous avez fait vos choix, et moi, les miens, rétorqua mon mari. Conquise de haute lutte, la petite Gagnon ! se vanta-t-il, faisant mine de frotter une mâchoire endolorie. Je vais vous conter ça par le menu. Vous verrez que je n'ai pas besoin d'aller en Afrique pour gagner mon ciel, badina mon mari.

— Et il faudrait te plaindre en plus ! s'esclaffa Pierre-Marie.

Les cousins méritaient bien leurs surnoms d'escogriffes tant ils étaient longs et maigres. Edgar, surtout, noir d'yeux et de cheveux, totalement dégingandé, qui humait l'air de la maison.

— Hum ! La bonne odeur de la cuisine de maman. Quand est-ce qu'on mange ?

Le lendemain, à l'heure du déjeuner, Patrice était plongé dans la lecture du journal local, *Le Colon* de Roberval.

— 24 juin 1926 ! Jour de la Saint-Jean-Baptiste, patron des Canadiens français. C'est aujourd'hui qu'on active le barrage Duke-Price à l'Isle-Maligne.

— Et tu n'es pas là pour assister à ce grand moment…

— Sans regret ! Ma famille, ma femme, c'est cent fois mieux. Je n'en pouvais plus des petits *boss*, même l'ingénieur Fréchette commençait à me porter sur les nerfs.

— Tout de même, le cousin, tu dois être fier, non ? lui demanda Pierre-Marie.

— Pleinement ! se rengorgea Patrice.

— Que diriez-vous de rester encore quelques jours ? proposa tante Maria.

— Ce n'est pas de refus, ma tante, accepta Patrice. Rien ne nous presse à rentrer à Chicoutimi. Et puis, ajouta-t-il avec un petit air crasse en direction d'Edgar et Pierre-Marie, j'ai pitié de nos pauvres cousins affaiblis par la vie de séminaristes. De la grosse ouvrage qui attend, mon oncle a besoin d'un homme aguerri pour aider…

— Hé ! Je n'oblige personne, se défendit l'oncle en riant.

— Construire des barrages te monte à la tête, Patrice ! blagua Edgar.

— Péché d'orgueil qu'il te faudra confesser, ajouta Pierre-Marie en faisant mine d'être prêt à l'entendre.

Le plaisir qu'ils prenaient tous à s'étriver…

Patrice se leva de table le premier :

— Debout, les *boys*, le nettoyage de l'écurie nous attend.

La porte-moustiquaire claqua derrière eux. De la cour, des rires fusaient, la tante et moi échangeâmes des regards complices. D'autres jours heureux s'annonçaient.

L'oncle Désiré revint du village porteur de nouvelles dévastatrices :

— Quand ils ont activé le barrage, l'eau du lac Saint-Jean s'est mise à monter, jusqu'à inonder les terres. Les fermes disparaissent à vue d'œil, un millier de familles sont menacées. C'est la catastrophe !

Le visage de Patrice se décomposa. Il voulut parler, mais les paroles s'étranglèrent dans sa gorge et mon colosse s'effondra, en larmes. Nous étions tous renversés. Un silence triste s'installa dans la cuisine de la tante Maria. Personne n'osait bousculer Patrice. Au bout d'un moment, il s'écria :

— Pauvres gens ! Pauvres, pauvres gens ! Pour gagner ma vie, j'ai volé celle des autres. C'est affreux !

— Voyons, mon garçon, voulut le consoler mon oncle. Ne prends pas le poids du monde sur tes épaules.

Les cousins, la tante, l'oncle entouraient mon cher Patrice qui n'arrêtait pas de se désoler et de s'accuser de torts qui ne lui appartenaient pas. Philippe se mit à pleurnicher à son tour, atteint par l'émotion ambiante. Je le consolai durant que les cousins se chargeaient de ramener mon mari à la raison.

— La compagnie est grandement responsable, déclara Pierre-Marie. Les honnêtes travailleurs comme toi n'ont rien à se reprocher.

— Les dirigeants de la Duke-Price n'ont même pas pris la peine d'avertir les cultivateurs que leurs terres seraient inondées si le niveau du lac montait, affirma Edgar.

— Et le gouvernement de Taschereau s'en lave les mains, renchérit son frère.

— De gros intérêts financiers sont en jeu, avança l'oncle. Ceux des alumineries pèsent plus dans la balance que l'avenir d'une poignée de cultivateurs. Et une rumeur annonce la fermeture définitive du moulin à scie de Val-Jalbert. Tout le village sera fermé. Double coup dur pour toute la région.

— En même temps, l'électricité est là pour rester, rappela Edgar. Personne ne veut revenir en arrière et s'en priver.

Patrice n'en démordait pas :

— Je me fais pourtant l'effet d'un misérable.

— Allons, mon garçon ! Ne te mets pas dans des états pareils. Et ne dénigre pas ton labeur, le rassura l'oncle.

— Je ne peux pas imaginer faire autre chose. Sur le chantier, mes compagnons et moi, nous avons travaillé comme des fous, des gars en sont morts, mais nous avions la conviction que nos efforts contribueraient à améliorer le sort de notre prochain.

— Ne renonce pas à tes idéaux, l'encouragea l'oncle Désiré. Ce drame enseigne qu'il ne faut pas mettre tous ses œufs dans le même panier : modernité, électricité, agriculture, tout cela contribue au progrès. Sur ces sages paroles : au travail, les garçons ! Nous avons des écuries à nettoyer. Pelleter du fumier, je ne connais rien de tel pour remonter le moral.

— Restez donc jusqu'aux bleuets ! avait suggéré tante Maria.

Le soleil du mois d'août plombait, pas un soupçon de brise pour rafraîchir les cueilleurs. Petit Jésus qu'il faisait beau en ce dimanche ! J'avais troqué mes talons hauts pour des souliers plats. Puisque « la jeunesse » avait été envoyée au champ, tante Maria s'était portée volontaire pour garder Philippe :

— Ce n'est pas la place d'un enfant d'un an et demi. D'ailleurs, il serait sans cesse dans vos jambes. Du moment que vous en laissez quelques talles, pour quand j'irai à mon tour. Cueillir les petits fruits pendant des heures libère l'esprit.

Les bleuets ne manqueraient pas. Au lac Saint-Jean, quand la saison de l'or bleu battait son plein, on n'avait qu'à se pencher pour en cueillir des mannes pleines. Déjà, nos seaux commençaient à se remplir.

— Si vous le souhaitez, Alice, j'ai apporté une vieille couverture pour que vous puissiez vous asseoir au milieu de la talle sans vous salir, m'avait offert Edgar

— Si vous préférez, cousine, j'ai ici un petit tabouret à traire les vaches qui sera parfait pour vous, avait ajouté Pierre-Marie.

Mes chevaliers servants rivalisaient d'attention, c'était amusant et flatteur. Mon mari prenait des mines de jaloux en redressant sa misérable carcasse au milieu du champ pour se masser le bas du dos.

— Ouch ! Je suis bâti pour construire des barrages, pas pour me mettre à quatre pattes au milieu d'une talle de bleuets. Vos deux, heureusement que le bon Dieu est dans le portrait, sinon j'aurais de quoi être jaloux.

L'entendre blaguer sur les barrages me rassurait. Patrice n'était pas du genre à se lamenter, il avait même participé à des corvées avec Edgar et Pierre-Marie pour aider les sinistrés.

L'air embaumait l'odeur fleurie et fruitée des bleuets. Par contre, les maringouins s'en donnaient à cœur joie. Les hommes, qui avaient retroussé leurs manches, s'empressèrent de les dérouler jusqu'aux poignets. Même si les infernales petites bêtes nous forçaient à accélérer la cadence, l'abondance de bleuets nous donna du courage. Bientôt, nos seaux débordèrent.

— Je ne sais pas pour toi, ma minette, mais moi, je déclare forfait.

D'une puissante claque sur l'avant-bras, il extermina un maringouin.

— Pire qu'un dos endolori, il y a les maudites bibittes !

— À qui la faute ? le houspilla Edgar, les yeux quasiment clos sous le soleil malgré son chapeau de paille.

— Tu les attires, le cousin, renchérit son frère. Regarde ta femme, fraîche comme une rose au milieu de la talle. Robe du dimanche, foulard soyeux sur le chapeau de paille, un tableau bucolique digne des grands maîtres français.

— Trouvons un endroit pour pique-niquer, proposai-je.

— À l'abri de ces terreurs, supplia Pierre-Marie qui, en dépit de ses vantardises, n'en pouvait plus de se faire dévorer.

— Il suffit de s'installer en plein soleil.

Nous trouvâmes un espace dénudé sur le cran pour étaler nos couvertures et poser le panier à provisions.

— Des sandwichs au Paris Pâté ! se réjouit Pierre-Marie. Je ne connais rien de meilleur.

— À Rome, tu pourras chercher longtemps pour en trouver d'aussi bons, affirma Patrice. Par là, on ignore jusqu'à l'existence de tels délices.

— J'ai même apporté des sodas à l'orange et aux fraises, ajouta Edgar en distribuant les bouteilles de verre encore fraîches et les pailles.

— Un grand classique ! apprécia Patrice.

— Pour le dessert, devinez quoi ?

— Des bleuets !

— Voici des bols, du sucre et de la crème fraîche. Ne reste plus qu'à vous servir.

Moi, je les dégustai tels quels, ces petits fruits gavés de soleil. C'était bon, un goût à nul autre pareil, un goût venant de l'enfance qu'on retrouvait année après année.

Nous rentrâmes fourbus, brûlés par le soleil, piqués par les maringouins, quoique heureux, une manne entière remplie de petits fruits bleus, promesse de desserts succulents et de confitures que la tante et moi confectionnerions dans les jours qui suivraient.

La veille de notre départ pour Chicoutimi, je dormais à poings fermés quand Patrice me secoua vivement.

— Alice, réveille-toi !

À moitié endormie, j'allai le rejoindre à la fenêtre de la chambre.

— Regarde !

— Oh !

De grands voiles colorés de vert et de violet dansaient dans la nuit étoilée. Des aurores boréales !

— Prends ton châle et sortons.

Les cousins, ma tante et mon oncle étaient tous dehors. Pendant de longues minutes, nous contemplâmes la lumière du nord qui donnait son spectacle dans le silence de la nuit.

— Bénissons Dieu, le grand Artiste qui nous offre tant de beauté ! pria Pierre-Marie d'une voix émue.

La fraîcheur du soir nous fit rentrer.

— Les émotions creusent l'appétit ! déclara Edgar.

— Il reste du pâté aux bleuets, rappela ma tante Maria.

Cette soirée magique se termina ainsi, les hommes en robes de chambre et les femmes, un châle sur les épaules, tous dévorant une autre portion du fameux dessert.

— Hum ! Que c'est bon, les bleuets ! Un délice qui va me manquer en Afrique, s'attendrissait Edgar en plongeant une fourchette gourmande dans la tarte.

— Les bleuets et les aurores boréales, c'est chez nous, ça, approuva Pierre-Marie, gagné lui aussi par la nostalgie.

Je quittai la région du lac Saint-Jean, pour moi synonyme de paix, de quiétude et d'apaisement, à l'image de son paysage sans aspérités, avec un regret qui resterait dans mon cœur. La tante Maria, l'oncle Désiré et les cousins Edgar et Pierre-Marie…

Nous promîmes de nous écrire.

Chapitre 12

La famille grippe-tout

Alfred décédé. Funérailles samedi. Laure, disait le télégramme qui nous accueillit à Chicoutimi aussitôt que nous eûmes regagné nos quartiers.

Étrange retour qui me ramenait à l'Anse-aux-Foins. Depuis notre départ pour Chicoutimi, je n'y avais remis les pieds qu'une seule fois pour présenter mon mari à mes grands-parents, une promesse à mémère que je tenais à honorer.

Mon oncle Armand vint à notre rencontre en me tendant les bras.

— Alice ! Il fallait un malheur pour avoir la joie de te revoir.

Était-ce un reproche du doux Armand ? Il avait vieilli, incapable de cacher sa peine et son désarroi entre deux quintes de toux.

— Un accident ! La charrette qu'il conduisait s'est renversée, il a été écrasé par le chargement : une clôture en broche destinée à délimiter un des champs. Mon pauvre père a souffert mille morts avant son dernier souffle.

— Tout de même, il approchait de ses quatre-vingts ans. Et il a bien vécu.

— C'est le chemin qui était mauvais. Il aurait pu vivre encore longtemps.

Aimé-Louis, mon frère resté fidèle à l'Anse, était aussi sous le choc. Lui qui admirait tant Alfred le patriarche… Il habitait au village avec Edith, sa femme.

— La pauvre bête a trébuché dans une ornière et s'est cassé la patte, si mal en point qu'il a fallu l'abattre.

— Pas croyable d'imaginer le père perdre la maîtrise de son cheval !

Mon père aussi me parut bouleversé. J'aurais plutôt cru le voir danser sur la tombe de celui qui l'avait rabaissé toute sa vie. Pour ma part, même si la mort de mon grand-père m'attristait, je me rappelais qu'il avait toujours placé son orgueil au-dessus de tout, et parfois du bien-être des siens… comme mon père.

— Étrange chose que la nature humaine, observa Laure qui, tout comme moi, gardait l'œil sec.

Tout l'Anse-aux-Foins s'était entassé dans la petite église paroissiale pour rendre hommage au vieux lion ! Même les Tremblay Renard.

Au cimetière, j'entraînai Patrice vers une tombe voisine.

— Ma petite sœur est ici.

Soudain, j'eus la gorge nouée. Patrice me serra contre lui, caressa mon ventre arrondi.

— Et si c'était une fille ? Ça me plairait.

— Une fille ? Ça me semble étrange. Pour moi, un bébé, ç'a l'allure d'un garçon. Antoinette, je ne m'en suis pas vraiment occupée lorsqu'elle n'était qu'un nourrisson. C'est par la suite que je me suis attachée à elle.

Chez ma grand-mère, où se tenait la réception après la cérémonie, j'aidai mes tantes Laure et Rosanna à recevoir. Je serrai dans mes bras ma chère Juliette, entourée de sa marmaille, et retrouvai mes cousins Luc et Henri, mariés eux aussi. Patrice se mêla aisément à la parenté. Plus tard, je m'assis avec mon mari dans la balançoire qui était toujours sur la galerie de la grande maison blanche. Il m'enlaça, je laissai aller ma tête sur son épaule et les souvenirs remontèrent à la surface. Je me revoyais, petite fille, blottie contre Philou.

— Philou… ma presque sœur. Nous parlions du vaste monde, alors qu'elle rêvait secrètement du couvent. Sa place devrait être parmi nous. Je ne comprendrai jamais tout à fait son choix de vivre cloîtrée.

— C'est sa manière, ma chouette.

Un homme grand comme Patrice, le regard tout aussi bleu, vint nous rejoindre: Théo.

— Alice, je suis heureux de te revoir. Présente-moi donc ton mari.

Les voir se sourire et échanger une franche poignée de main m'émut.

Théo… Cher et fidèle Théo sur qui j'avais toujours pu compter. Autrefois, y avait-il eu quelque chose entre nous? Un élan de tendresse me poussa vers lui dans une brève étreinte amicale.

Mon village était semblable à mes souvenirs. Le magasin général tenu par la famille Maltais, la concession des Renard, le rang Saint-Louis… rien n'avait changé. Sauf moi.

Je refusai farouchement la proposition de Patrice d'aller revoir ma maison natale.

Contrairement à ce que Laure avait prédit, je n'appartenais plus à ce monde: j'étais une fille de la ville, une fille de Chicoutimi. Au moment des adieux, je les serrai tous dans mes bras avant de murmurer à Patrice:

— Ramène-moi chez nous.

Notre fille Janine naquit à l'automne de 1926. Madame Lalancette ne s'était pas trompée sur le sexe de l'enfant, ce que j'avais constaté avec consternation en ouvrant la fameuse enveloppe dans laquelle elle avait noté sa prédiction des mois auparavant. Pourquoi ma petite fille n'éveillait-elle pas en moi les mêmes sentiments que ceux que je ressentais pour Philippe? C'est comme si Antoinette avait pris toute la place dans mon cœur.

Patrice, par contre, était en pâmoison. Il se levait même la nuit pour lui donner le biberon, s'extasiant en grand dadais ahuri devant les «beaux cacas» de la neuvième merveille du monde: sa fille. J'en étais presque jalouse.

Puis, Chicoutimi entra dans des jours noirs. La grande crise économique qui allait bientôt toucher le monde entier se manifesta chez nous, qui nous vantions d'être toujours à l'avant-garde, plus tôt, dès 1927. Monsieur Dubuc, reconverti en politicien, avait abandonné la direction de la Compagnie de pulpe pour se faire élire député. Après des soubresauts, des arrêts et des reprises pendant lesquels de nombreux travailleurs reçurent leur avis de congédiement, l'ancienne usine qui avait fait vivre la ville, convertie en moulin à papier, tournait malheureusement au ralenti, ce qui touchait toute la région. Mon père et mes frères se retrouvèrent rapidement au chômage. Contrairement à Albert, Patrice et Silvio. Après avoir participé au chantier de la Chute-à-Caron, un barrage destiné à alimenter l'aluminerie d'Arvida, la petite ville voisine, ils avaient tous les trois retrouvé facilement du travail dans cette même usine. Patrice avait toujours affirmé haut et fort qu'il ne manquerait jamais de travail et l'air du temps lui donnait raison.

Comme l'unique salaire de mon frère ne suffisait pas à entretenir la maisonnée des Gagnon, ma mère faisait régulièrement appel à notre générosité. Je doutais qu'elle en fasse autant du côté d'Alphonse – il avait un emploi chez Côté-Boivin comme vendeur de voitures –, lui qui avait toujours une bonne raison pour ne pas avancer un sou. Ce jour-là, elle était venue faire un tour chez nous avec Paola.

— Alphonse raconte que ton mari s'est fait le motton à l'Isle-Maligne. Qu'il aurait les moyens d'acheter une machine chez Côté-Boivin. Ça encouragerait ton frère, qui toucherait une commission. Comme de bien entendu, entre beaux-frères, il ferait un bon prix à Patrice.

— Nous n'achèterons pas une automobile, moman, parce que nous n'en avons pas besoin. Et si cela était, on irait ailleurs que chez Côté-Boivin. Patrice sait ce que je pense de mon frère.

— Faut toujours que tu t'en prennes à Alphonse… Astheure qu'il est marié, tu pourrais peut-être tourner la page !

— Vous avez oublié ? Il m'a volée, moman. Ça ne se pardonne pas ! N'insistez pas.

— T'es dure, ma fille !

— Et vous, injuste… Vous êtes pourtant ici à boire mon thé, en sachant que vous ne repartirez pas les mains vides.

— Depuis ton retour du Lac, je te trouve pas mal indifférente à ta famille. Tes frères sont au chômage, t'as même pas pitié, alors que ton mari et Albert ont la chance d'avoir une bonne job.

— Ça ne leur est pas tombé tout cuit dans le bec, je vous le rappelle. J'entends les enfants qui se disputent, je vais voir ce qui se passe.

Ma sainte mère n'allait pas abandonner une tasse de bon thé pour arbitrer une chicane d'enfants. Comme d'habitude, Paola cherchait à enlever sa petite voiture à Philippe. Elle s'était approprié les gros blocs en bois de Janine, mais la petite disait *amen* à tout ce que proposait ma sœur. Janine et Paola… Malgré les cinq années qui les séparaient, les fillettes s'entendaient à merveille. Philippe, plus près de l'âge de ma petite sœur, préférait jouer seul quand elle était là, lui qui s'accordait pourtant si bien avec ses autres petites tantes, les demi-sœurs de Patrice.

— À force de lui passer tous ses caprices, elle devient détestable, fis-je remarquer à ma mère après avoir rétabli l'ordre. Vous devriez être plus sévère.

— C'est pas nécessaire, ma fille, t'es là pour ça.

Petit Jésus, elle osait même sourire en disant ça !

— Paola a sept ans. Il serait bien temps qu'elle commence l'école. Un peu de discipline ne lui fera pas de tort.

— C'est ma petite dernière, la seule fille qui me reste, je veux profiter d'elle le plus longtemps possible.

Oh, ma mère et ces mots que j'aurais préféré ne pas entendre ! Une pointe de flèche venait de se ficher dans la même vieille blessure au cœur.

S'apprêtant à repartir, elle s'empara du paquet que j'avais préparé à leur intention.

— Je vous ai mis des légumes et un beau morceau de bœuf avec un os. Vous pourrez faire de la soupe.

Le téléphone sonna le lendemain.

— T'as oublié le *barley*. Tu te rappelles pas que les garçons aiment la soupe à l'orge ? Puis si tu avais du macaroni et un morceau de lard, ça nous ferait plusieurs repas.

Je soupirai.

— Misère ! lançai-je à Patrice en raccrochant. J'ai même donné la moitié de ma fournée de tartes !

— Il ne se passe pas un jour sans que ta mère appelle pour quémander. Pourtant, en matière de charité chrétienne, on fournit plus que notre part d'efforts. Imagine s'il nous fallait nourrir aussi ma mère et mes sœurs !

— À la campagne, la crise économique frappe moins durement, intervint Silvio. Notre mère s'en tire bien parce qu'elle produit tout ce dont elle a besoin.

— Ne les croyez pas si mal pris, intervint Albert, qui soupait avec nous. L'autre jour, Aimé-Louis est venu faire un tour avec cinquante livres de patates, plus du chou et des navets, gracieuseté de ma tante Laure.

Nous le recevions tous les soirs à souper : une bouche de moins à nourrir pour mes parents, ça comptait. Pourtant, la reconnaissance venait d'Albert.

— Un arrangement dans lequel je trouve plus que mon compte, avait confié mon frère. À la longue, ça devient insupportable d'entendre notre mère se lamenter sur son sort et notre père rappeler l'égoïsme de sa fille aînée. Que font-ils, eux, pour se sortir de leur misère ?

— C'est sûr que pour popa, à son âge, c'est encore plus difficile de décrocher un emploi.

— Reste à convaincre nos frères de se grouiller le cul, si tu me passes l'expression, Alice. Ça me fâche de voir Adélard et Alban lever le nez sur des jobs. Eux qui pourraient travailler à refaire les chemins, comme le font de nombreux chômeurs, préfèrent vivre à nos crochets. Pourquoi faire des études quand il suffit de tendre la main pour recevoir ? Ça ne pourra pas durer éternellement. Parce que moi aussi, j'espère me marier un jour.

En fait de noces, ce fut d'abord au tour de Silvio. Celui que j'appelais affectueusement mon «petit beau-frère», même s'il mesurait plus de six pieds, avait trouvé son âme sœur en une belle fille de Chicoutimi prénommée Marianna. Au départ de Silvio, nous proposâmes à Albert d'occuper le lit laissé vide.

Mon frère s'empressa d'accepter. Pendant le mois qui suivit, aucune nouvelle de ma mère. Ni visite ni téléphone.

— Elle boude, affirmait Albert qui, lui, la voyait chaque semaine.

Parce que mon frère continuait de leur verser une grande partie de son salaire. L'année 1930 frappait dur.

— Pourquoi te faire du mauvais sang, ma minette? me répétait Patrice. D'ailleurs, tu es suffisamment occupée avec deux enfants.

Puis un matin, le téléphone sonna. C'était ma mère, avec une toute petite voix:

— J'ai été malade. La grippe. J'aurais pu en mourir.

— Ah oui? Me semble qu'Albert m'en aurait parlé!

— Les fils… Est-ce qu'ils portent attention à leur mère, seulement? Albert ne fait jamais que passer.

— J'irai vous faire une petite visite cet après-midi, après la sieste des enfants.

— Le docteur Lemieux est venu plus d'une fois.

— Pourquoi ne pas m'avoir prévenue?

— Oh, tu me connais, je voulais surtout pas te déranger.

Oh, ma sainte mère! Toujours les mots pour que je me sente coupable. Que voulait-elle, au fait? En remplissant la bouilloire, je l'observai du coin de l'œil. Elle s'était racotillée au fond de son fauteuil berçant, vêtue de vieilles hardes tout juste bonnes à faire de la guenille, donnant l'impression d'être pâle et amaigrie.

— C'est drôle, quand même, que je n'aie pas vu passer son automobile noire. Nous habitons la même rue.

— Sûr que tu passes pas ton temps à écornifler aux fenêtres, ma fille !

— Là, vous êtes mieux ? Et pourquoi portez-vous ces vieilleries ? Ça ne vous ressemble pas d'avoir l'air d'une miséreuse.

— On est pas riches comme toi, Lauretta ! commenta mon père.

Il traînassait en pantoufles dans la cuisine avec une vieille veste en laine sur le dos, lui aussi.

— Arrête, Honoré ! Tu sais qu'elle haït ça qu'on l'appelle Lauretta. Hein, Alice ?

Alice… de la bouche de ma mère. Avec un brin de suspicion, je déposai sur la table la boîte de métal remplie de ma dernière fournée de biscuits à thé avant d'ouvrir l'armoire pour prendre une assiette et des tasses.

— Vos préférés, moman. Avez-vous besoin d'autre chose pendant que je prépare du thé ?

Elle toussota ; mon père sortit de la cuisine, comme s'il s'agissait d'une sorte de signal. Sachant que ma visite ne lui procurait aucun plaisir, je n'y prêtai pas attention. D'ailleurs, il repassa dans la cuisine habillé pour sortir en clamant qu'il partait faire un tour.

— Où sont les garçons ?

— Adélard et Alban se cherchent de l'ouvrage, qu'est-ce que tu crois ? Les autres sont encore à l'école.

— Il faut insister pour qu'Alcide entre à l'école modèle l'année prochaine. Voyez comment Albert a de la chance d'avoir un bon travail. Que feriez-vous sans son salaire par les temps qui courent?

— Sûr qu'on se ramasserait à la soupe populaire.

Le thé avait suffisamment infusé; je disposai les biscuits dans l'assiette et remplis les tasses.

— T'as le tour pour que ce soit beau, Alice.

Un compliment et des «Alice» à qui mieux mieux. Que voulait-elle?

— Et comment il vous trouve, le docteur Lemieux?

— Heu… tu comprends qu'il est pas venu depuis un bout…

— Ah bon? À cause?

— Parce qu'il veut qu'on le paye avant.

«Nous y voilà», songeai-je.

— Les visites, les remèdes, ça coûte cher.

— Et vous lui devez combien?

— Une trentaine de piastres.

Je sortis mon chéquier.

Quelques jours plus tard, Patrice revint de la caisse populaire enragé noir.

— Je peux savoir ce qui t'a pris?

Petit Jésus! Jamais, au grand jamais, Patrice ne s'était permis un ton pareil avec moi. Glacial.

— Bonjour à toi aussi! répliquai-je sèchement, piquée au vif. À part de ça, pourquoi t'es fâché?

— Pourquoi? T'as fait un chèque sans provision, Alice! Heureusement, le caissier s'est méfié et le directeur de la caisse, me connaissant, m'a fait venir.

Il criait, je ne l'avais jamais vu dans un état pareil.

— Mon nom, traîné dans la boue !

Les enfants coururent se réfugier dans leur chambre en pleurant. Comme moi, ils ne reconnaissaient plus leur père qui fulminait dans la cuisine. Il était blanc de rage.

— Quel chèque ? Qu'est-ce que tu me chantes là ?

Sans répondre, d'un geste furieux, il balança un chèque sur la table. Celui que j'avais fait à ma mère. Sauf que quelqu'un avait imité mon écriture et ajouté le chiffre « un » et le mot « cent », faisant passer la valeur du chèque à cent trente dollars. Je n'en revenais pas. Comment avaient-ils pu ? Et la colère de Patrice se tournait contre moi.

— Mon Dieu ! Et tu oses m'accuser ? Moi, ta femme !

Patrice refusait d'entendre ma défense, un lion en cage dans ma cuisine. Albert venait d'entrer. Je lui montrai le chèque. Mon frère reconnut sans peine la main d'Alphonse. Au contraire de mon mari, il comprit vite de quoi il retournait et il en blêmit. Il attrapa Patrice par le bras.

— Viens-t'en. L'air du dehors va te calmer. Ensuite, on ira régler ça, l'entraîna mon frère.

Seule au milieu de la pièce, j'éclatai en sanglots.

Patrice n'était toujours pas rentré quand, plus tard, Albert me raconta tout :

— Alphonse a eu un accident avec la voiture de son patron. Ce dernier prétend qu'il aurait bu plus que la mesure avant de prendre le volant. Notre frère s'en défend, tu t'en doutes bien. Moi, je serais plutôt porté à croire le patron. Quoi qu'il en soit, Alphonse avait besoin d'argent pour payer les réparations et a monté ce petit stratagème avec moman : les remèdes à payer, le chèque falsifié… La colère de Patrice! Il était blanc comme un drap à force de se retenir, comme s'il redoutait d'exploser. Au bout d'un moment, il a dévisagé nos parents l'un après l'autre pour les menacer de porter plainte. Ils l'ont supplié de n'en rien faire. Ton mari a écrasé son poing sur la table, j'ai cru qu'elle allait se fendre en deux. "Je ne veux plus vous voir. Jamais! M'entendez-vous?" Je crois qu'ils ont leur leçon. Je l'espère, parce que moi, j'ai tellement honte. Alice, comment ont-ils pu même songer à faire ça? Bien sûr, le mauvais génie, c'est Alphonse, mais moman et popa… C'est impardonnable.

J'étais aussi mortifiée que lui. Patrice finit par rentrer avec des excuses.

— J'avais besoin de me calmer avant.

Puis il s'approcha enfin de moi pour se faire pardonner en me serrant dans ses bras.

— Ma minette! Je n'aurais pas dû douter de toi.

Pendant le souper et durant tout le reste de la soirée – après que les enfants, enfin rassurés sur leur père, furent retournés au lit –, nous discutâmes longuement avec Albert: comment nous éloigner de la famille Gagnon?

— On pourrait s'acheter une petite maison à Arvida, avança Patrice. Une ville nouvelle, des maisons neuves et modernes. Ça te tenterait?

— Une maison et des problèmes, alors qu'on est si bien en logement? Dans une ville où je ne connais personne, pleine d'Anglais par-dessus le marché? Non, merci. À Chicoutimi, j'ai Cécile et je me fais comprendre dans les magasins.

— Faudra que tu choisisses, Alice. Chicoutimi et les Gagnon ou une nouvelle vie ailleurs. On pourrait peut-être retourner au lac Saint-Jean?

— À la vérité, Patrice, je ne suis pas sûr que ça soit suffisamment loin, soupira Albert.

Le dimanche suivant, à mon grand soulagement, aucun Gagnon ne fit acte de présence à la grand-messe.

— La grippe, sans doute…, ironisa Patrice.

Silvio et Marianna étaient invités à partager notre dîner dominical.

— J'ai une bonne nouvelle, lança mon beau-frère. À Beauharnois, ils cherchent du monde.

Avant le grand départ, j'allai dire au revoir à Philou.

— Nous habiterons Valleyfield. À Beauharnois, on creuse un nouveau canal. Un autre barrage, une centrale hydroélectrique. Patrice est fou de joie. C'est le plus grand ouvrage du genre au monde… Chaque fois, c'est la même chanson. Et sais-tu ? La grue qu'on utilisera pour creuser le nouveau canal de Beauharnois est la même qui a servi à creuser le chenal du Saguenay. Tu sais que Patrice est le meilleur de sa génération pour la manœuvrer. Avec son sang indien, il n'a pas le vertige. Ses nouveaux employeurs le connaissaient de réputation.

Petit Jésus, j'étais tellement fière de mon mari ! À peine si je reprenais mon souffle tant notre nouvelle entreprise m'enthousiasmait.

— Philou, tu imagines ? À Valleyfield, il y a une cathédrale et un collège où Philippe pourra faire des études. À proximité de Montréal. On s'y rend en train en moins d'une heure. Et je ne serai pas seule comme au lac Saint-Jean. Albert, Silvio et Marianna, nous partons tous ensemble. Patrice croit qu'avec l'éloignement, ma famille ne pourra plus profiter de moi. Il m'arrive parfois de ne pas me comprendre moi-même. J'essaie de leur tenir tête, mais trop souvent, il m'est impossible de leur dire non.

Philou m'écoutait sans broncher. Sans doute heureuse pour nous, mais triste de me voir partir.

— Hélas ! Cette vieille habitude est tenace. Un mauvais pli. Rappelle-toi, mon Alice, que la Providence a toujours mis sur ton chemin des anges pour veiller sur toi. Après Armand, Laure et moi, Patrice me semble envoyé par Dieu lui-même. Il est de ton devoir de protéger ton bonheur. Et avec ta tête aussi dure que le cap Éternité, don de ton aïeul Alfred, tu devrais y arriver envers et contre tout. Pour mettre dans la balance, tu as bon cœur, l'héritage de ta grand-mère Josette.

Oh, ma Philou ! Sous ses grands voiles, elle allait tellement me manquer. Le cœur dans un étau, j'avais les yeux qui picotaient.

— Sois confiante, Alice. Dieu nous réunira à nouveau. Et qui sait ? Avec l'éloignement, tu finiras peut-être même par t'ennuyer d'eux.

Je hochai violemment la tête.

— À part toi et Cécile, ma Philou, plus personne ne me retient à Chicoutimi.

— Sauf la ville elle-même, Alice. Une vraie fille de Chicoutimi, c'est ce que tu es devenue…

Chapitre 13

Encore une cathédrale qui brûle !

« Dieu du ciel, faites qu'il dorme ! », me répétais-je.

Le petit Raoul, deux mois et demi, clignait des yeux, repu après avoir englouti son biberon. Endormi. Je le déposai avec précaution dans son berceau au pied de notre lit, sachant que ce calme ne durerait pas. Les coliques du nourrisson nous laissaient peu de répit. Mon dernier-né était si fragile que je le posais sur un oreiller pour le transporter d'un endroit à l'autre de crainte de le briser. Grâce à Dieu, il arriva au cœur de l'été de 1933, pendant les chaleurs ; en plein hiver, il n'aurait probablement pas résisté à la froidure. Sa sœur Simone, née en février de l'année d'avant, m'avait causé bien du tourment. Je la couchais dans la porte du poêle de crainte qu'elle ne meure. Simone avait bien grandi et forci cet été. « Entendez-vous, petit Jésus ? Vous m'avez pris Antoinette et Lucien, je ne supporterai pas la perte d'un autre enfant ! » Je saisis mon chapelet. « Vierge Marie, protégez mon Raoul ! »

Philippe, mon petit homme si sage, avait déjà huit ans. Janine, qui fêterait ses sept ans à la fin de l'automne, avait commencé sa première année d'école. Ah! Celle-là, ce n'était pas sa santé qui m'inquiétait. De ma chambre, je l'entendais qui houspillait la bonne:

— J'ai faim, Janet!

À la naissance de Simone, Patrice avait engagé une bonne pour m'aider. De nos jours, on nous recommandait d'employer le terme «bonne», comme dans les romans français publiés dans la *Revue moderne*. Tant mieux! Personne, sur terre, ne détestait plus que moi le mot «servante». J'entendais ma fille qui continuait de se plaindre. Ma propre fille, une capricieuse! La faute de Patrice, qui lui passait tout.

— Ta maman ordonne attendre le papa pour le déjeuner, répliqua Janet, qui cassait le français puisque c'était une Anglaise. Va jouer, sinon réfléchir dans la cave.

Bien parlé! Cette menace suffirait, la petite avait peur du noir. Patrice n'appréciait pas Janet autant que moi. Au moins, elle soignait sa tenue, contrairement à Annette, la précédente, trop douce à mon goût.

Allongée tout habillée sur le lit, je ne me levai pas pour intervenir. Patrice rentrerait bientôt de la messe. Il travaillait de nuit au creusage du canal de Beauharnois.

Au petit matin, au retour du travail, Patrice s'habillait «propre», chemise, cravate et costume, à temps pour se rendre à l'église où il chantait le répertoire grégorien à la messe de sept heures. Normalement, je l'aurais accompagné. Nous habitions à moins de cinq minutes de la cathédrale Sainte-Cécile, un des charmes de notre logement du chemin Larocque. Cependant, les dernières grossesses et leur cortège de nuits sans sommeil et d'enfants malades m'avaient épuisée, me forçant au repos, ordre du docteur Leduc.

Ce matin, j'avais aidé Patrice à boutonner sa chemise – les boutons étaient minuscules pour ses doigts gourds – et à nouer sa cravate tandis qu'il fredonnait. Ces gestes d'intimité entre époux me plaisaient infiniment. Et lui ne cessait de me taquiner.

— Ah, que ferais-je sans toi ?

— Ne bouge plus si tu ne veux pas être boutonné en jaloux. Là, c'est mieux ! Dès que Raoul aura grossi, je me rendrai à l'église comme autrefois.

— Quand tu auras récupéré suffisamment.

— Je m'ennuie de t'entendre chanter.

— Chanter au milieu du chœur, c'est extraordinaire, s'enthousiasma-t-il. Ça élève l'âme ! Et puis, ça me fait penser à ma mère.

— Ça fait longtemps… Peut-être que cet été, on pourrait penser à aller faire un tour par là-bas ?

Depuis que nous nous étions installés à Valleyfield, nous n'étions retournés à Chicoutimi qu'à une occasion. À mesure que la famille s'agrandissait, prendre le train devenait une expédition compliquée.

— T'es beau, comme ça, complimentai-je mon mari en l'admirant. Reviens vite.

Après le repas du matin, il irait se coucher pour dormir jusqu'au milieu de l'après-midi.

— Tu viendras me rejoindre ? demanda-t-il, le regard insistant.

— Hum ! Je viens de dire que quatre enfants, c'est assez.

— Je connais des moyens…

— On verra. Si je suis couchée près de toi quand tu te réveilleras, tu sauras ce que j'en pense.

— Pour t'aider dans cette importante réflexion… ma belle brune.

Un long baiser s'ensuivit. Qu'il interrompit abruptement après un coup d'œil à sa montre-bracelet.

— Si je continue, la chorale devra se passer de moi…

Il disparut en m'abandonnant à mon désir. Treize ans que nous étions mariés, et toujours aussi insatiables l'un de l'autre…

Nous habitions un vaste logement au centre-ville de Valleyfield. De chez nous, nous apercevions l'église, l'hôpital, le collège de garçons. La rue Victoria, l'artère commerciale qui longeait le vieux canal, était à quelques pas. Notre vie dans cette petite ville grouillante et animée me plaisait beaucoup.

Certes, Patrice travaillait encore de longues heures, mais je passais l'essentiel de mes après-midi avec lui et le repas du soir se prenait en famille. Il affirmait qu'une fois le barrage terminé, nous irions vivre dans la grande ville. Devais-je le croire ? Une fois la centrale de Beauharnois lancée, Patrice se mettrait à rêver d'un ailleurs meilleur quand il apprendrait l'existence d'un nouveau chantier. Des ouvrages toujours plus imposants et prodigieux attiraient mon Patrice comme un aimant la limaille de fer. J'entendis le bruit de la porte. Patrice ! Et les pas de Janine qui courait pour se rendre à son poste habituel près de l'entrée, la deuxième marche de l'escalier qui menait aux chambres. De son perchoir, elle faisait son rapport.

— Papa, papa ! Janet veut pas me donner mon déjeuner.

Janine adorait son père, qui le lui rendait bien. Son grand rire retentit et je me levai. La petite était dans ses bras.

— Pauvre petite Janine ! Viens me conter ça. Moi aussi, j'ai faim. On va voir si Janet veut me donner à manger.

Philippe nous rejoignit. Qu'il était beau, mon petit homme ! Son uniforme d'écolier, culotte courte et veston, bas au genou et chaussures bien cirées, lui allait à ravir. Janine aussi était fin prête pour se rendre à l'école : chasuble d'écolière en gabardine noire et blouse blanche, ses cheveux mi-longs noués par un ruban en une petite couette sur le côté. La bonne déposa une assiette devant la gourmande.

— J'ai croisé le facteur, m'apprit Patrice en me remettant deux lettres au moment où je prenais place à table.

Du courrier du Saguenay… Sur la première enveloppe courait l'écriture familière de Philou : *Madame Patrice Lalancette, chemin Larocque, Valleyfield*, déclenchant l'habituelle bouffée de joie. Il y avait bien deux ans que je ne l'avais pas vue. La seconde enveloppe, bordée de noir, me chamboula. L'adresse était de la main de ma tante Laure.

— Oh, non ! me troublai-je en la montrant à Patrice. Pas mémère !

La disparition de ma grand-mère m'apparaissait naturelle. Quel âge pouvait-elle avoir ? Assurément au-delà de quatre-vingts ans. Je décachetai la lettre de Laure en premier. À mesure que je lisais, mes yeux se voilèrent de larmes. Des larmes qui me ramenaient à mon enfance.

— Oh, Patrice ! C'est mon oncle Armand…

… avec sa faible constitution pulmonaire, ce qui l'a finalement emporté, avait écrit Laure. *Rosanna et les enfants sont atterrés, comme tu l'imagines. Pour Armand, c'est une véritable délivrance. Désormais, tu pourras penser à lui à la droite de Dieu, car c'était un juste.*

J'ai pensé t'annoncer moi-même la triste nouvelle, je n'entends plus parler de toi par Honoré et Marie. Même Aimé-Louis affirme ne pas avoir souvent de tes nouvelles. Tu pourras prévenir Albert.

Écris-nous, Alice-Lauretta, ne nous oublie pas, nous qui ne t'oublions pas.

Ta tante affectionnée,

Laure Gagnon Tremblay

Mon bon parrain... Malade depuis des années. Une photographie s'échappa de l'enveloppe: Armand, Philou et moi, petite fille, chez le photographe Lemay, avec une inscription derrière, de la main d'Armand: *Août 1908*.

Ce souvenir fit sourdre tous les autres de l'Anse-aux-Foins. Laure, qui me connaissait comme si elle m'avait tricotée, me rappelait entre les lignes, fine mouche, de ne pas renier ma part de Gagnon de l'Anse. J'éclatai en sanglots. Patrice me tapota doucement la main. Je lui tendis la lettre et la photo afin de pouvoir me moucher.

— Vous pleurez, maman? demanda Philippe.

— Ta maman vient de perdre son oncle Armand.

— C'était mon parrain..., balbutiai-je en refoulant mes larmes.

— Nous autres, est-ce qu'on le connaissait, mon oncle Armand? demanda Janine, tout en mastiquant sa bouchée de rôtie. Comme mon oncle Albert et mon oncle Silvio?

— C'est un mon oncle de l'Anse-aux-Foins, expliqua Philippe, du haut de son savoir d'aîné.

Pour nos enfants, Chicoutimi et le Saguenay constituaient un monde mystérieux et lointain, celui de leurs parents. Nous l'évoquions parfois, quoique de moins en moins à mesure que le temps passait. Pendant que Patrice rappelait aux enfants le nom des oncles et tantes de nos familles respectives, j'avais suffisamment retrouvé mes sens pour ouvrir la lettre de Philou.

Ma chère Alice,

Je suppose que tu as appris la mort de notre bon Armand. J'imagine ta peine. Il aurait tant aimé te revoir une dernière fois. Mon Alice bien-aimée, ne laisse pas les rendez-vous manqués s'accumuler. Du paradis où il a rejoint le bon Dieu, Armand continuera de veiller sur toi comme il l'a toujours fait. Et moi de même, par mes prières, en attendant que tu viennes me présenter tous tes enfants. Que Dieu te protège, ma chère fille !

Ta Philou éternelle, sœur Sainte-Blandine en religion

Cette lettre déclencha ma fureur.

— Philou ! Qui se permet de me faire la leçon ! Je ne suis pas allée voir mon oncle Armand parce que c'était trop dur de le voir diminué.

— Ma chouette ! Qu'est-ce qui te prend ? Tu as de la peine. Philou en a aussi.

— C'est qui, Philou ? demanda Janine.

— Ma tante religieuse. Je l'ai toujours appelée Philou même si son vrai nom est Philomène, c'est elle qui m'a élevée, expliquai-je à ma fille.

— Comme Janet ?

— Oh, Dieu, non ! C'est moi qui t'élève, ma fille. Pas Janet. D'ailleurs, ferme ton petit bec, on ne parle pas la bouche pleine !

Je conduisis les enfants à l'école avant de m'arrêter à l'église, décidée à soulager ma conscience. Mon oncle Armand ! Je le savais malade… « Pardon, petit Jésus ! Pardon, mon oncle, j'ai été trop lâche. Pour ma peine, ce soir, je réciterai un rosaire. » Prosternée sur l'agenouilloir d'un banc, je jurai qu'à mon prochain voyage au Saguenay, j'irais à l'Anse-aux-Foins prier sur sa tombe. Avant de quitter l'église, devant l'important luminaire de la cathédrale, j'allumai des lampions : un pour le salut de l'âme de mon parrain, « prenez soin de lui comme il a pris soin de moi, Seigneur », un autre pour Antoinette, « ma petite sœur au ciel », et un troisième pour Lucien, « mon petit ange ». Enfin apaisée, je pus rentrer à la maison où Raoul me réclamait.

Le reste de la journée se déroula comme à l'habitude. Nous soupâmes, les enfants regagnèrent leur lit et vers neuf heures et demie, Patrice partit pour le travail. La maison, dont j'avais laissé les fenêtres entrouvertes pour profiter de la douceur des nuits de cette fin de septembre, était plongée dans le silence. Je me réfugiai dans ma chambre pour prier. J'allais entreprendre le deuxième chapelet du rosaire quand des cris épouvantables provenant du dehors interrompirent ma prière.

— Au feu ! Au feu !

— C'est la cathédrale, madame ! s'écria Janet.

— La cathédrale ? Petit Jésus !

Nous nous précipitâmes sur la galerie.

C'était bien la cathédrale qui flambait. Une épaisse fumée sortait du fronton. Les sirènes des pompiers hurlaient, déclenchant un grand branle-bas dans tout le quartier. Les flammes se propageaient, courant le long des murs à une vitesse effroyable. L'incendie grondait, réveillant les enfants qui vinrent se réfugier contre Janet et moi, terrifiés. Le feu faisait son œuvre à une vitesse folle. Une idée affreuse me traversa l'esprit. Les lampions ! Et si c'était moi qui avais provoqué la catastrophe ? Comme j'avais beaucoup à me faire pardonner, j'avais besoin de l'intercession du ciel pour apaiser mon âme et j'en avais allumé deux rangées pleines. Avais-je renversé l'un d'eux par mégarde ?

L'incendie faisait rage, des souvenirs douloureux me revenaient. Des cathédrales en ruine et le bonheur qui partait en fumée… Mon cœur s'affolait quand soudain Patrice surgit devant nous et me serra tout contre lui :

— Du canal, on avait l'impression que la ville entière brûlait. J'étais trop inquiet de ne pas savoir si tout mon monde était à l'abri.

Je lui confiai ce qui me tracassait.

— C'est absurde, Alice ! D'ailleurs, un badaud m'a appris qu'on soupçonne une main criminelle d'avoir allumé le brasier. C'est du moins ce que croient les pompiers.

Dans un bruit fracassant, le clocher s'écroula, produisant des milliers de jets d'étincelles. Je frémis, le visage enfoui dans l'épaule de Patrice, retenant mes larmes pour ne pas pleurer devant les enfants.

— Rentrons, dit-il finalement. Nous n'avons plus rien à craindre.

Il fallut longtemps avant d'arriver à calmer les enfants. Janine, avec son imagination débordante, voyait des foyers d'incendie dans tous les recoins du logement. Patrice la rassura et promit qu'il resterait à la maison cette nuit. Plus tard, au lit, j'étais vraiment heureuse de sentir autour de moi ses bras protecteurs.

Ces incendies de cathédrales qui jalonnaient ma vie… Que signifiait ce présage ? Un nouveau malheur ?

— Patrice, jure-moi qu'il ne nous arrivera rien.

— Ma chouette superstitieuse et crédule !

— Ne te moque pas !

Il m'enlaça en riant.

— Que veux-tu qu'il arrive, femme de peu de foi ? Je suis là.

Et il s'endormit, cet homme heureux dont rien ne troublait le sommeil.

Par la suite, le curé décida que la messe du dimanche aurait lieu en plein air. Sans grégorien.

— Si ç'a du bon sens, grognai-je à cette nouvelle. Dans une ville comme Valleyfield, se résoudre à entendre la messe dans la rue… Même à Chicoutimi, on n'a jamais vu ça.

Chapitre 14

Marguerite

Albert était amoureux ! Mon frère, qui pensionnait dans une famille de la région, épouserait la fille de ses logeurs. Elle se prénommait Marguerite. Élevée au couvent, c'était une jeune femme douce, élégante et dotée d'un visage avenant. J'avais moi aussi succombé à son charme ; Marguerite était même la marraine de notre petite Simone, Albert en étant le parrain. Après des fiançailles assez longues pour permettre à mon frère d'amasser un bon pécule, leur mariage serait célébré en juin, dans deux mois à peine. L'été 1934 s'annonçait sous les meilleurs auspices.

Marguerite et moi étions devenues amies. Cet après-midi, nous prenions le thé.

— Alice, comme c'est beau chez toi !

À chacune de ses visites, Marguerite s'extasiait devant le guéridon d'acajou de l'entrée, la table massive de la salle à manger qui, avec ses rallonges, accueillait aisément dix convives, les chaises à haut dossier et les sièges de cuir capitonné. Car mes beaux meubles tant espérés, je les possédais enfin. Patrice avait décrété que notre installation à Valleyfield justifiait de nous meubler en neuf !

Cette fois, elle avait demandé à voir les meubles de notre chambre.

— Pénétrer dans votre chambre, c'est gênant, sauf que ça me donne des idées. Albert souhaite que notre futur logement soit entièrement meublé avant le mariage.

Petit Jésus ! Elle en rougissait presque, comme si elle nous avait surpris en plein devoir conjugal. Ça me fit sourire.

Ses yeux parcoururent la pièce. Les murs tapissés s'ornaient d'un crucifix et de la photo de notre mariage agrandie dans son cadre ovale en bois verni. Quelques bibelots de porcelaine. Le couvre-lit de satin rose. Un tapis de Turquie sur le plancher. Sa main glissa sur les appliques des commodes, un motif répété sur le pied et la tête de lit aux courbes voluptueuses.

— Ce bois, c'est magnifique !

— De la palissandre. Sinon, les meubles sont plaqués de noyer, tout comme ceux de la salle à manger.

— C'est tellement moderne !

— N'est-ce pas ? Ne manque plus qu'un tapis dans le salon pour compléter notre décor. J'irai le choisir quand nous nous rendrons à Montréal.

Au salon, la bonne avait disposé les tasses de mon service à thé en verre Carnaval, moins cher que la porcelaine anglaise. Cette vaisselle de verre moulé et coloré, avec de multiples motifs, était en vogue depuis la crise économique. Pour le service à thé, j'avais opté pour un modèle d'un blanc translucide moins courant qui suscitait des commentaires admiratifs. Surtout l'assiette à gâteau, dans laquelle étaient disposés les biscuits confectionnés pour l'occasion.

Janet apporta la théière. Je servis Marguerite et lui présentai l'assiette de biscuits.

— Délicieux. J'en ai rarement mangé d'aussi bons. C'est toi qui les as faits ?

— Une recette toute simple de ma grand-mère Josette. Il faut quatre œufs, jaunes et blancs battus séparément. Du sucre, du beurre, du lait, de la poudre à pâte, et juste assez de farine pour que la préparation reste souple.

— À t'entendre, ça a l'air si facile. Moi qui suis désarmée devant une cuisinière…

J'en restai estomaquée ; ayant appris de ma mère et de mes tantes, j'avais toujours cru que tout ce qui portait jupon savait cuisiner !

— Je t'apprendrai, j'ai de l'expérience ! Je ne me rappelle pas un jour passé sans que j'aie dû préparer à manger.

Pendant que nous bavardions, j'avais sorti une broderie de mon panier à ouvrage : une nappe ornée d'un motif géométrique à la nouvelle mode, que je destinais aux futurs mariés.

— Ma tante Laure, qui m'a tout appris des travaux d'aiguille, m'exhortait à la patience, confiai-je à Marguerite. Mes beaux meubles, je les ai attendus. Albert fait bien de profiter du bon salaire qu'il gagne actuellement pour acheter votre ménage, même si les temps sont incertains. Avec la crise, les prix sont bas. Je suis pas mal fière de mon frère, déterminé à ne pas se contenter d'un petit pain.

— Pourtant, dimanche dernier, le curé a dénoncé en chaire ceux qui étalent leur fortune alors qu'il y a tant de misère autour de nous.

— Les curés, ils ne savent pas tout. La misère, moi, je la tiens à distance. J'approuve la Ville qui embauche des chômeurs pour reconstruire des chemins. Et notre nouveau maire qui offre son salaire à la Saint-Vincent-de-Paul.

— C'est admirable ! déclara Marguerite. Puis après tout, tu as raison. Remercions le ciel de notre chance, ça ne sert à rien d'en avoir honte.

— Sur ces bonnes paroles, organisons notre journée de magasinage à Montréal pour choisir votre cadeau de mariage !

Montréal, rue Sainte-Catherine ! Que j'aimais cette grande artère, ses trottoirs qui fourmillaient de gens chics, son tramway bondé de ménagères fébriles sur le circuit qui l'arpentait d'est en ouest, ses grands magasins, les affiches colorées, les néons. On était loin de la crise économique et de ses misères.

Notre premier arrêt, nous le fîmes chez Dupuis Frères, le rendez-vous des Canadiens français. Le personnel nous servit dans notre langue, contrairement à ce qui se serait produit dans les autres grands magasins. Au rayon des cadeaux, Marguerite se pâmait devant un service à vaisselle en verre si transparent qu'on aurait juré du cristal.

— Prenons pour huit personnes, qu'est-ce que tu en penses ?

— C'est tellement généreux, Alice.

— Mes frères, Marguerite, je les ai tous élevés. Albert est le seul à reconnaître les sacrifices que ça m'a demandés. Le seul aussi à m'avoir écoutée quand je disais qu'il fallait aller à l'école. Ça l'a mené loin, je suis fière de lui, et tellement heureuse de le voir se marier selon son cœur. Mon cadeau, c'est à cause de tout ça…

Le petit serrement familier qui revenait chaque fois que j'évoquais mon passé menaçait de se manifester. Je chassai bien vite ces idées noires.

— Allons dîner ! la pressai-je. Dépêchons-nous si nous ne voulons pas manquer le tramway !

En face de chez Dupuis, le magasin de musique Edmond Archambault venait d'emménager dans un nouvel édifice à plusieurs étages.

— Ça prend de la place, des pianos ! fit remarquer Marguerite.

— Chaque fois qu'on vient à Montréal, il y a du nouveau. Tiens, voici le tramway.

Par chance, il restait des places à bord des petits chars de la ligne cinquante-deux. Nous nous rendions chez Eaton, le grand magasin de l'ouest de la ville. Chacune de nos visites en ville s'accompagnait obligatoirement d'un dîner à son restaurant du neuvième étage. Même si personne n'y parlait français, nous connaissions suffisamment de mots anglais pour commander un *stew*.

Par les larges fenêtres de la voiture, nous pouvions admirer les derniers immeubles construits. À l'instar du magasin de musique, les grands magasins poussaient comme des champignons dans la rue Sainte-Catherine : Simpson, Morgan, Ogilvy's…

Soudain, Marguerite me poussa du coude, les yeux embués.

— Oh ! Les pauvres gens !

Comme un tableau du mauvais sort, devant l'église Saint-Jacques, des femmes et des enfants agglutinés attendaient qu'on ouvre les portes du sous-sol dans l'espoir qu'on distribue un peu de nourriture ou qu'on leur serve un petit quelque chose à manger. Ils étaient sans doute là depuis des heures, sans faire de bruit, dans le silence absurde de la misère.

— Voir le malheur de ses yeux, et dans la métropole incontestée du Canada, ce n'est pas comme le lire dans les journaux…

Dans les visages hâves des enfants et les regards implorants de leurs mères, je croyais reconnaître les membres de ma famille à Chicoutimi, leurs yeux accusateurs me rendant responsable de leur sort.

Petit Jésus ! Le remords, cruel supplice, refusait de m'épargner. Pourquoi ce sentiment de culpabilité alors que, pas plus tard que ce matin, j'avais envoyé un mandat-poste rue Morin ? Et Albert avait dû faire de même de son côté. Jamais nous ne les avions laissés tomber. Seulement, nous avions besoin de nous tenir loin d'eux pour ne pas être atteints à notre tour par leur mesquinerie. Car dans la misère, il y avait plus que la tristesse des soupes populaires. Des âmes pouvaient s'y perdre. Avec mon mouchoir, j'essuyai discrètement une larme.

— Je n'ai plus le cœur à manger, se désola Marguerite.

— Que nous mangions ou non n'améliorera pas le sort de ces malheureux. D'ailleurs, tu changeras d'idée en arrivant.

Comme de fait, lorsque le tramway nous eut déposées près de chez Eaton et que nous eûmes emprunté l'ascenseur qui menait au restaurant Île-de-France, l'émerveillement reprit ses droits. Les créateurs de cet endroit magnifique avaient fait le pari de chasser la morosité ambiante en y déployant toute la beauté de l'Art déco. Plancher de linoléum à deux couleurs se mariant aimablement aux piliers de marbre gris, haut plafond d'au moins trente pieds donnant l'impression d'être à bord d'un paquebot de luxe, d'où le nom du restaurant qui rappelait les palaces navigants… Dans le foyer d'entrée, les larges baies vitrées et les fauteuils judicieusement disposés offraient une vue imprenable sur la ville.

— Ça me fait le même effet chaque fois, je n'ai pas assez de mes deux yeux pour admirer. Chaque détail a été soigneusement choisi, rien ne vient heurter le regard, choquer le goût.

— C'est tellement distingué… et moderne, en plus!

Servies comme des reines par un personnel stylé, nous savourâmes le *stew*. Au dessert, toutefois, Marguerite commença à chipoter avec sa cuillère dans sa portion de pudding au riz, pourtant onctueux et délicieux; même moi, je n'arrivais pas à en faire un aussi bon.

— Que se passe-t-il, Marguerite?

— Quelque chose me chicote. Les Gagnon ne sont pas invités au mariage. Mes parents s'interrogent et je ne sais quoi leur répondre.

— Oh, je vois…

Chère Marguerite, élevée dans une famille aimante, comment pouvait-elle imaginer que la nôtre nous suçait le sang jusqu'à la moelle?

— Je comprends que vos parents soient… disons-le comme ça, mal pris par les temps qui courent, osa Marguerite, hésitante. Nous pourrions certainement trouver un moyen de les accommoder pour qu'ils puissent venir à Valleyfield…

Dans sa grande délicatesse d'âme, ma future belle-sœur refusait d'énoncer à voix haute ce qu'elle tenait d'Albert: nos parents vivaient du secours direct. Dans ces conditions, elle devait nous trouver bien insensibles de les négliger ainsi.

— Déjà qu'Albert a demandé à Patrice de lui servir de témoin, continua ma future belle-sœur.

— Qu'ils viennent si ça leur chante. Moi, je ne débourserai pas une cenne noire pour eux. Chez nous, Marguerite, c'est une bande d'ingrats. Figure-toi donc qu'ils ont écrit à Albert. Pour le féliciter du bonheur de son mariage, crois-tu ? Bien sûr que non, ils quémandaient des billets de train et des chambres d'hôtel comme si ça leur était dû. Pourtant, à Chicoutimi, Albert a été le soutien de la famille pendant que les autres se laissaient vivre. Encore aujourd'hui… Albert et moi avons bien envisagé la possibilité d'inviter notre famille à Valleyfield pour les noces. Après avoir pesé le pour et le contre, nous en avons tous les deux conclu que ce serait une bien mauvaise idée.

Et en quelques mots, je lui racontai la tentative de fraude échafaudée par Alphonse pour payer les réparations de la voiture de son patron. Aussi bien qu'elle sût à quoi s'en tenir. La pauvre faisait toute une tête, comme si elle avait ouvert une boîte de Pandore. De la voir si désolée me ramena à de meilleurs sentiments.

— Pardonne-moi d'être montée sur mes grands chevaux, mon amie, je ne voulais surtout pas te peiner. Pour Albert et moi, la famille, désormais, c'est vous tous : Patrice, Silvio, Marianna, les enfants, et toi, Marguerite, que nous avons adoptée si aisément. À Valleyfield, nous nous sommes bâti une nouvelle vie et nous ferons tout pour protéger notre bonheur.

Chapitre 15

Tout beau, tout neuf

En ce samedi après-midi, Albert déposa Marguerite chez nous. Silvio vint rejoindre Patrice, puis les trois hommes s'éclipsèrent avec des airs de larrons en foire. Il était prévu que nous nous retrouvions tous à l'heure du souper. J'en profitai pour donner des leçons de cuisine à ma future belle-sœur et nous fîmes des tartes. Déjà, une grosse tourtière, suffisante pour nourrir toute la troupe, cuisait lentement dans la cuisinière électrique, la grande nouveauté de notre foyer.

— Tout est prêt, déclarai-je en contemplant la table dressée avec ma belle vaisselle.

De joyeux coups de klaxon nous appelèrent au-dehors. Une Buick flambant neuve était stationnée sur le chemin Larocque.

— Voici la surprise que nous réservaient nos grands cachottiers ! riait Marianna en s'extirpant de la voiture.

Leurs enfants affichaient des mines ravies, encore excités par la petite balade en voiture. Les hommes, pour leur part, s'extasiaient comme des gamins. Ils tournaient autour de l'automobile en y jetant des regards éblouis, discutant passionnément de suspension à roues avant indépendantes, la merveille des merveilles.

Silvio n'avait de cesse de passer sa main sur la peinture brillante des ailes au point que je me demandai si sa femme avait droit aux mêmes égards. Quant aux yeux de Patrice, ils brillaient dangereusement. Je fus prise d'un énorme doute.

— C'est à qui, la voiture ?

— À qui, tu penses ? lança Marianna. Silvio Lalancette allait se rendre malade s'il ne s'achetait pas une automobile.

Soupir de soulagement de ma part, jusqu'à ce que mon mari se pâme à son tour.

— Regarde-moi cette beauté, Alice !

Oh ! Que je détestai cette petite phrase…

— À quoi servirait une automobile ? Pour s'approvisionner, il y a la rue Victoria à deux pas. Le grand magasin Dion ferait rougir d'envie ceux de la rue Racine ! Sinon, à la gare, le train nous mène directement à Montréal. Puis le curé l'a dit, c'est malséant d'exposer sa chance sur la place publique quand tant de gens sont dans la gêne.

Les hommes étaient de grands enfants ; aux femmes de les raisonner.

— Hé ! Arrête ton cheval, Lauretta ! me taquina alors mon frère, ce qui ne manqua pas de me faire sortir de mes gonds.

— Albert Gagnon, si tu ne veux pas que je te fasse ravaler ce "Lauretta", t'es mieux de te taire.

Il riait aux larmes, le sacripant, tout comme les frères Lalancette. Et je voyais bien que, de leur côté, Marianna et Marguerite se mordaient les lèvres.

— Après avoir fait un tour de machine à la campagne, tu changeras bien d'idée, avança finalement mon beau-frère.

— Vu l'état des chemins, je suis loin d'en être convaincue. Tu vas passer ton temps à réparer des crevaisons. En attendant, si nous passions à table ?

Notre petite tribu entra dans la maison. Revenue à de meilleurs sentiments, je regardai, attendrie, notre famille de Valleyfield, désormais les nôtres, à Albert et moi.

— Un peu de musique ? proposa Patrice. C'est l'heure du concert à CKAC.

Il se leva pour allumer le radio-tourne-disque, un meuble Electrohome qui avait détrôné le gramophone au salon. La musique s'éleva en douceur. Patrice avait réglé le volume au plus bas pour ne pas nuire à la conversation, qui bifurqua rapidement sur les vertus du moteur huit cylindres et de la boîte de vitesse.

— Tu sais, ma minette, plus j'y pense et plus je me dis qu'une voiture pour la famille…

La musique adoucissait peut-être les mœurs, mais pas ma réponse :

— Pas question !

Albert et Silvio échangèrent un regard complice.

— Vous autres, ne vous mêlez pas de ça.

— Jamais nous n'oserions, Lauretta, m'agaça mon frère.

Les gros yeux que je lui fis ! Et les hommes d'éclater de rire ! Ah, les chenapans. J'aurais voulu les priver de dessert.

Patrice revint à la charge dès le lendemain, pendant le traditionnel dîner dominical. Janine et Philippe partageaient notre repas, les petits ayant déjà mangé avec la bonne.

— Tu oublies que je suis d'abord et avant tout mécanicien, ma minette. Un mécanicien sans voiture à moteur, c'est comme un cordonnier mal chaussé. Qu'est-ce que tu dis de ça, mon Philippe ?

— Une automobile comme celle de mon oncle Silvio ?

— Tu n'as pas honte d'utiliser notre grand garçon pour essayer de me convaincre, Patrice Lalancette ? Une automobile, c'est une grosse dépense ! Plutôt que de courir après des chimères, tu n'avais pas promis de faire une partie de hockey avec Philippe ? À qui tu as offert la panoplie complète d'un joueur des Canadiens de Montréal ?

— À moi, papa a acheté un service de vaisselle en porcelaine, hein, maman ! ajouta fièrement Janine.

Eh oui ! Son père n'avait pas pu résister à une dînette de poupée qu'il avait vue au rayon des jouets du grand magasin de la rue Victoria.

— Enfants gâtés ! Rappelez-vous ces pauvres petits tués par le train en allant ramasser des morceaux de charbon sur la voie ferrée.

— Ce n'est pas une histoire à leur raconter, Alice, me reprocha Patrice. Tu vas leur faire peur.

— Et toi, pense donc au sermon du curé. Il convient de rester modestes en ces temps difficiles. On a du pain sur la table, notre maison est bien meublée, nous n'avons pas de dettes, estimons-nous heureux !

Mon mari me lorgnait avec son mosus de petit sourire en coin. Un sourire de traître !

— Il convient de rester modestes, répéta-t-il, moqueur. Toi, quand tu sors tes grands mots, tu me fais rire. Je ne suis pas d'accord avec le curé, moi ! Prêcher la morosité, ça ne remonte le moral à personne.

— Voyons, Patrice ! Critiquer le curé devant les enfants, ça ne se fait pas.

Pour toute réponse, mon mari se leva de table.

— Tu viens, mon Philippe ? Allons voir qui est le meilleur gardien de but entre nous deux. Et toi, Janine, tu viens jouer ?

— Je vais faire le gardien de but moi aussi ?

— Pourquoi pas ? dit son père.

— Tu peux pas, t'es une fille, riposta Philippe.

— Tu diras ça aux membres des équipes féminines ! rétorqua son père. Parce qu'il y a des filles qui jouent au hockey, tu sauras. Viens, ma petite Janine. Quand ton frère manquera la rondelle, tu pourras courir après.

— Fais attention à ta robe du dimanche, Janine !

— C'est promis, maman. Après, je vais rentrer préparer du thé dans ma belle vaisselle.

— À la bonne heure !

Je les regardai partir l'âme apaisée, heureuse de voir ma petite famille réunie. Patrice se décidait enfin à prendre du temps avec les enfants. L'idée d'acheter une voiture finirait bien par lui passer. Ainsi rassurée, j'allai m'étendre pour mieux savourer le bonheur des dimanches après-midi.

Le samedi suivant, Patrice se leva plus tôt qu'à l'accoutumée et au déjeuner, il se mit à tenir des conciliabules avec Philippe. Janine jetait sur eux des regards jaloux.

— Ça suffit, vous deux. Que complotez-vous ? finis-je par demander.

— Justement, comme c'est un complot, nous sommes tenus au secret. Tu viens, mon garçon ?

Et ils disparurent avec des mines de ratoureux, sans bien sûr mentionner où ils allaient. Deux heures plus tard, je commençais à m'inquiéter de ne pas les voir revenir quand soudain des coups de klaxon m'attirèrent dehors.

L'impression de revivre une scène d'un film connu m'assaillit: une autre rutilante Buick rouge était garée dans la rue. Avec Philippe, tout fier, assis à côté de Patrice Lalancette, le snoreau, qui m'envoyait la main.

— Voyons donc, si ç'a du bon sens! On court à la ruine.

— Quand tu auras fini de rouspéter, va chercher les petits et mets ton beau chapeau. Nous partons faire un tour dans notre nouvelle machine.

— Grand extravagant!

Petit Jésus! Je l'avouerai à vous seul, la promenade me ravissait. Assise à côté de mon beau mari, notre petit Raoul sur les genoux, Philippe et Janine qui veillaient sur Simone, nous paradions dans les rues de la ville. Nous allâmes jusqu'à Châteauguay par des chemins de traverse. La campagne était belle, mais quelle folie!

Plus tard, quand nous fûmes seuls…

— À quoi t'as pensé d'acheter une voiture neuve? Combien ça coûte, une Buick?

— C'est pourtant toi qui m'as donné la permission en me rappelant que nous n'avions pas de dettes. Je gagne plus de trois mille dollars par année, nous avons largement de quoi vivre, c'est deux fois plus que la plupart des gens. Et nous avons toujours un beau petit magot à la caisse populaire. La voiture… Le vendeur m'a fait un prix, tu comprends, j'ai payé comptant: mille beaux dollars. Toute une galette.

Il me mentait. Il avait dû payer plus cher encore.

— Tu es complètement inconscient! m'énervai-je. Et si tu perdais ton travail? Je ne veux pas me retrouver dans l'obligation de vendre mes beaux meubles pour nous voir partir comme colons en Abitibi, au bout de notre misère.

Il se mit à rire, le vlimeux! Je gaspillais ma salive.

— Je ne manquerai jamais d'ouvrage, en pleine force de l'âge, avec une expérience comme la mienne, acquise sur nombre de chantiers. Les employeurs s'arrachent mes services. Ce qui me fait penser…

— Quoi donc ? demandai-je, méfiante.

— As-tu remarqué, chez Noël Ostiguy ?

— Qu'est-ce qu'il y a chez Noël Ostiguy ?

Je jouais à l'innocente. Chaque fois que je passais devant la vitrine du magasin de la rue Victoria, j'admirais durant de longues minutes les beaux manteaux qui y étaient exposés.

— Des soldes, ma minette ! C'est le temps qu'on t'achète un manteau de fourrure. Puis ne me fais pas des accroires, je le sais que tu gèles dans ton manteau de drap.

— Si j'ai froid l'hiver prochain, je me tricoterai un chandail de laine pour avoir chaud.

Une véritable frénésie de dépenser sans compter s'était emparée de mon mari. Après la fourrure, il suggéra un voyage d'agrément à New York. À moi de garder la tête froide. Surtout quand j'aperçus dans le garage la belle Buick en morceaux, entièrement démontée par mon cher époux qui voulait comprendre « comment ça marche »… C'était décourageant.

— Et si tu n'arrivais pas à la remonter ? Mille dollars ! Une fortune jetée dans le canal !

— Femme de peu de foi ! Dans une semaine, cette voiture démarrera au quart de tour. Rappelle-toi, c'est moi, le chauffeur des mariés.

Un après-midi, les enfants à l'école, les petits à leur sieste et moi-même occupée à tricoter un chandail pour l'hiver alors que j'attendais que Patrice se lève, on sonna à la porte.

— Madame, un monsieur veut parler au maître de maison, vint m'avertir Janet. Un livreur.

— Un livreur ?

— Ah ! C'est sans doute le tapis du salon.

Devant chez nous était stationné un camion de J. B. Baillargeon Express, une entreprise de déménagement. Il y avait certainement erreur, comme je l'expliquai au livreur :

— Vous vous êtes trompé d'adresse.

— Ah ! Pourtant, c'est écrit sur mon papier : *Monsieur Lalancette, chemin Larocque, Valleyfield*. C'est pour le piano, madame !

— Le piano ?

Mon mari devait être tombé sur la tête. Acheter un piano sans même m'en parler ! Il outrepassait les bornes de ma compréhension.

— Pas de doute, monsieur, c'est une erreur. Rapportez votre piano.

J'allais refermer la porte sur le livreur ahuri qui relisait son papier quand Patrice surgit derrière moi, en train d'enfiler une chemise.

— Hé ! Le piano, c'est par ici.

— Depuis le temps que je rêve d'avoir un piano, ma minette, m'expliqua tout bonnement mon époux, fier de cette nouvelle acquisition qui ne lui causait aucun mal de tête. J'ai les moyens de l'acheter, je le fais. Je connais la musique, je chante, je veux m'accompagner au piano.

Il s'assit sur le banc et joua quelques notes, l'air ravi.

— Tu ne sais pas jouer.

— As-tu remarqué que c'est un piano mécanique ? Ça jouera tout seul en attendant que j'apprenne. Et je m'y mettrai dès que la voiture sera remontée.

J'étais sidérée. Il débitait tout ça avec une telle insouciance, une telle assurance et une telle joie de vivre qu'il me clouait le bec.

— Grand extravagant !

— N'est-ce pas toi qui suggérais que nos filles apprennent à jouer d'un instrument de musique comme des demoiselles ? Janine et Simone auront leur piano, voilà tout.

N'empêchait. Il fallait mettre un holà à ces dépenses somptuaires.

Fait difficile à expliquer à monsieur le curé qui, dans sa visite paroissiale, quêtait pour les nécessiteux de la soupe populaire. Il transpirait sous sa soutane par une chaleur estivale en cette fin de mai et s'épongea le front dans le salon avant d'avaler le fond de sa tasse de thé.

— Comme toujours, vos petits biscuits sont un véritable délice. Un plaisir divin !

— Vous n'exagérez pas un brin, monsieur le curé ? Pour votre peine, je vous en ferai porter au presbytère la prochaine fois que j'en ferai.

Malgré ma belle façon, il revint à la charge.

— Madame Lalancette, si une famille comme la vôtre ne peut pas donner quelques sous de plus, qu'allons-nous devenir ?

— C'est comme je vous le disais, monsieur le curé. Nous faisons face à toutes sortes d'imprévus. Vous avez quand même eu un chèque le mois dernier. Ces jours-ci, je ne peux pas faire plus, j'en suis vraiment désolée.

— Je vois, dit-il d'un ton sec quoique poli, avec un regard sur le piano tout neuf. Je ne vous dérangerai pas plus longtemps. La voisine, madame Châteauneuf, aura sûrement un petit quelque chose pour nos œuvres.

— Elle est bien généreuse, glissai-je du bout des lèvres.

Le curé sortait quand un livreur se présenta à la porte.

— Madame Lalancette ? Votre tapis neuf.

Le curé me dévisagea.

— Des dépenses imprévues, n'est-ce pas ?

Petit Jésus, je virai cramoisie.

— Attendez donc... Je crois bien qu'il me reste un billet de cinq dollars dans le tiroir.

Malheureusement, les noces d'Albert furent précédées de pénibles funérailles : un collègue de travail de Patrice avait trouvé la mort, noyé dans le canal. Quel choc quand Patrice m'apprit la nouvelle !

— Un accident bête, Alice.

— Un accident, c'est toujours bête.

— Bah ! Tout le monde tombe à l'eau, un jour ou l'autre. Le pauvre gars n'a pas eu de chance. Il s'est fait assommer et le temps qu'on le tire de là, il était trop tard.

— C'est le même scénario qu'à l'Isle-Maligne, murmurai-je à Patrice une fois à l'église, effrayée de voir la veuve éplorée, une femme de mon âge, entourée de trois enfants.

Petit Jésus, j'aurais pu être à sa place ! Je ne lâchai pas le bras de mon mari de toute la durée du service religieux. À la sortie de l'église, les gens chuchotaient d'un ton navré :

— Pauvre petite femme ! Veuve et sans ressources. La compagnie lui accordera peut-être un montant pour les premiers temps. Rien n'est moins sûr. On les connaît, ces rapaces. Pas de cœur !

C'était un vrai cauchemar ! Et si ça m'arrivait...

— Tu vois bien que le malheur vient quand on ne s'y attend pas, fis-je remarquer à mon mari, épouvantée. Et des malheurs, j'en ai eu mon lot ! Il est temps de mettre un frein aux dépenses. À ce train-là, on va se retrouver sans le sou. Et tu dois changer de travail. C'est trop dangereux, sur le canal.

— Ça fait seize ans que je fais ça. J'aime mon métier, pas question de changer.

Tout de même, il prit mes craintes au sérieux, puisque quelques jours plus tard, il revint sur le sujet :

— J'ai suivi tes conseils, ma minette. J'ai souscrit à une police d'assurance-vie. Un montant suffisant pour vous mettre à l'abri de la misère, toi et les enfants, en cas de malheur. Il y a même de l'argent pour leurs études plus tard. Tu vois, inutile de t'en faire.

— Une assurance-vie, ça ne remplace pas un mari. Des plans pour attirer le mauvais sort.

— Ma petite femme superstitieuse ! C'est tout le contraire, ma minette.

Il se mit à rire avant de me prendre dans ses bras.

— Je t'adore, surtout quand tu es fâchée. Tes yeux brillent d'un tel éclat, des perles noires.

— Patrice Lalancette. Je t'interdis de mourir, tu m'entends ?

Il riait encore, mon grand extravagant ! Comme s'il ne voulait pas voir mon angoisse. Une boule dans l'estomac, insupportable, et qui ne me quittait plus.

Chapitre 16

Le bonheur est une ombre fugace

Le 4 juin, sous un ciel éclatant et loin des Gagnon, on célébra le mariage de Marguerite et d'Albert.

La mariée était belle dans sa longue robe bleue, rehaussée d'une mante en fourrure de martre qui recouvrait joliment ses épaules, la tête coiffée d'une charmante capeline en paille d'Italie, une gerbe de roses blanches dans les bras. Et que dire du marié ? Albert, le plus grand de tous mes frères, un visage finement dessiné avec une petite moustache noire qui le faisait paraître plus vieux que ses vingt-huit ans à venir à la fin de l'été. D'un chic et d'une élégance ! Que j'étais fière !

Une ombre au tableau : le photographe Gendron, qui nous tira le portrait sur le parvis de l'église Saint-Timothée de Beauharnois. Pour l'occasion, je m'étais offert une adorable capeline blanche, dont il ne resterait aucun souvenir, pas plus d'ailleurs que de mes belles chaussures et de ma robe neuve. Parce que, malgré ma petite taille, ce niochon de photographe me plaça dans la deuxième rangée. Même si j'étais l'épouse du témoin du marié et la seule représentante de sa famille. Jamais monsieur Lemay de Chicoutimi n'aurait commis une telle erreur. J'en eus pour une heure à décolérer, muette, tandis qu'on félicitait les nouveaux mariés.

Patrice leur prêta la Buick pour le voyage de noces : les chanceux avaient prévu une semaine à Québec et à Cacouna. Ils en revinrent éblouis et heureux.

— C'était la première fois que je voyais Québec, me confia Marguerite. Imagine, nous avons couché au Château Frontenac ! Et Cacouna, c'est tellement différent de par chez nous. Je n'imaginais pas que le fleuve Saint-Laurent était aussi large. C'est extraordinaire.

— Et le mariage ?

— Coquine, que veux-tu savoir ?

— Tout ce qui peut se dire entre amies intimes...

Marguerite, sémillante en buvant son thé, me raconta son voyage de noces par petites bribes agrémentées de quelques sous-entendus, récit qui me confirma que ce mariage était placé sous les meilleurs auspices.

Ce matin-là, Patrice et moi revenions tranquillement de la messe.

— Une autre belle journée qui s'annonce !

— Le mois d'août, c'est celui que je préfère. C'est encore l'été, sans les grosses chaleurs qui ont fait leur temps.

— C'est aussi le mois des bleuets. À ce temps-ci de l'année, je donnerais cher pour en manger un bol rempli à ras bord.

— Avec de la crème !

— Pouah !

— Et les aurores boréales, évoqua encore Patrice. Tu te rappelles, au lac Saint-Jean ?

— Par ici, on n'en voit jamais. Ce qui me rappelle d'ailleurs que j'ai du courrier en retard. Je dois écrire à Philou, à Laure, à tante Maria. Je me demande comment vont tes cousins. Aux dernières nouvelles, Pierre-Marie faisait son entrée chez les Oblats.

— Et Edgar chez les Pères blancs.

— Tiens, regarde qui vient à notre rencontre !

— Silvio ? Il ne devrait pas être au chantier, à cette heure ?

Mon beau-frère affichait un air sinistre qui alerta Patrice.

— Une mauvaise nouvelle de Chicoutimi ? Notre mère ? s'inquiéta mon mari.

— Marianna a besoin d'aide ? Un enfant malade ? demandai-je.

— Non, Alice. C'est Albert.

— Albert ? Comment ça, Albert ?

— Il est tombé à l'eau. Une syncope, à ce qu'il paraît. Marguerite est au désespoir.

— Au désespoir ? Tu ne veux pas dire…

— Ton frère est mort, Alice.

Pourquoi lui, petit Jésus ? Après Antoinette, pourquoi Albert, le meilleur de tous ?

Pourquoi tant d'affliction ? Encore cette douleur diffuse dans la poitrine, cette oppression qui vous tenaille pendant d'interminables jours… Et ma pauvre Marguerite… Un si court bonheur ! Deux mois de mariage, quelle cruauté, petit Jésus ! Et triste, tellement triste.

Patrice s'occupa des formalités, de l'organisation des funérailles et de la pénible corvée d'appeler la famille à

Chicoutimi. Ils vinrent à trois: mon père, Alphonse et Adélard.

— Ta mère pouvait pas venir. Tu comprends. Avec ses jambes et personne pour garder la petite.

Mon père broyait sa casquette entre ses mains, figé dans l'entrée. Mes frères ne furent pas aussi gênés et, sans même attendre une invitation, ils entreprirent de faire le tour de la maison. Alphonse, un signe de piastre dans les yeux, estimait la valeur de chaque meuble, chaque tapis, attribuait un prix au grand miroir de l'entrée, à la belle vaisselle et à l'argenterie dans son coffret. Des colonnes de chiffres s'additionnaient dans sa tête: la Buick dans le garage, le salaire de Patrice... Adélard arborait le même air envieux pendant que mon père demeurait bouche bée devant notre réussite.

— Tu te payes la belle vie, Lauretta, me picossa Alphonse.

— Tu prononces encore une fois ce nom-là et tu vas coucher ailleurs.

Au tour d'Adélard de jouer au petit coq.

— Madame a même une servante.

Patrice intervint:

— En quoi ça te regarde, si Alice a une servante?

— Pfft! Notre mère a eu dix enfants et elle a jamais eu besoin d'une servante.

— T'as peut-être oublié que c'était moi, la servante? Puis arrêtez! Albert vient de mourir, c'est pour cette seule raison qu'on vous héberge.

Je n'allais pas leur offrir le spectacle d'éclater en sanglots. Leur présence même me faisait mal. Comment allais-je réussir à les supporter trois jours? Alphonse conservait son petit air narquois, appuyé sur le chambranle de la porte du salon. Patrice se planta devant lui, le dépassant d'une bonne tête.

— Albert est mort, commença-t-il, d'un ton égal, ferme, quoique sans agressivité. Je l'aimais comme un frère. Alice, sa sœur, ma femme, vit un immense chagrin. La chicane, ce serait une offense à sa mémoire. Si tu veux rester sous notre toit, t'as intérêt à être poli, à traiter ta sœur avec considération et à respecter sa peine. Je te conseille de te tenir les fesses serrées, puis de te fermer le mâche-patate.

— Te fâche pas, Patrice. Je disais ça… pour alléger l'atmosphère vu la peine de mon père, justement.

La seconde suivante, mon père essaya de faire pitié.

— Justement, mon gendre, je voulais te remercier de nous héberger. De l'argent, nous autres, on en a pas. Ça fait qu'on a ramassé tout ce qu'on a pu pour payer le train jusqu'ici. Pour le retour, par exemple…

— Ça parle au diable ! Savez-vous, monsieur Gagnon ? J'avais déjà réfléchi à ce petit problème.

Patrice sortit son portefeuille en cuir.

— Voici trois places pour le train jusqu'à Chicoutimi. Notez bien l'heure et prenez-en grand soin. Parce que si vous manquez le train ou si, par le plus grand des malheurs, vous perdez vos tickets, vous devrez quêter sur le quai de la gare pour retourner chez vous.

Mon père opina ; mes frères contemplaient le tapis. Patrice m'enlaça.

— C'est trop d'émotion. Va te reposer, ma chouette. Pendant ce temps-là, je vais installer avec Janet des lits temporaires pour nos enfants qui vont dormir dans le salon, vu qu'on prête leurs chambres à notre *belle* visite.

L'église Saint-Timothée, qui avait vu le jour heureux du mariage d'Albert et Marguerite, était entièrement tendue de noir. Ma pauvre amie! L'heureuse jeune mariée déjà veuve. C'était trop cruel.

Le chagrin nous submergeait, palpable. Patrice et Silvio tenaient les cordons du poêle, de même que mes frères; puisqu'ils étaient là, aussi bien qu'ils se rendent utiles. Lorsque le cercueil quitta l'église, mon père versa des larmes, ce qui me chamboula. Je l'enlaçai pour le consoler et fus surprise de constater sa maigreur sous la veste de son habit. Puis ce fut le convoi funéraire jusqu'au cimetière. Je voulus soutenir Marguerite, la pauvrette, mais nous étions aussi inconsolables l'une que l'autre. Je ne réussis qu'à pleurer dans ses bras.

À la fin, le curé s'approcha de la veuve:

— Madame, c'est une terrible épreuve que Dieu vous envoie. En ce jour, aucune parole consolatrice n'arrivera à mettre un baume sur votre cœur meurtri. Plus tard, quand le temps aura accompli son œuvre de guérisseur, rappelez-vous ces mots, ma chère enfant: ne laissez pas les morts conduire votre vie, et le soleil brillera encore pour vous.

— Ils m'ont épuisée plus que nos quatre enfants en même temps, soupirai-je en refermant la porte derrière nos visiteurs.

— La vérité, ma chouette? J'étais à un cheveu de les mettre dehors. Ton père comme les autres. Alphonse qui joue au pauvre, lui qui a une bonne job chez Côté-Boivin… Tout comme Adélard. Je n'en pouvais plus de le voir compter les pièces d'or dans sa tête.

— Oublions-les, Patrice… La seule chose qui m'importe, c'est d'être avec toi. À Valleyfield ou à Chicoutimi, du moment que tu es là.

— Hein, ma chouette, qu'il va nous manquer, notre Albert? murmura alors Patrice, la voix émue.

Je hochai la tête et reniflai dans mon mouchoir. Nous pleurâmes ensemble, laissant couler notre chagrin.

— C'est bien la première fois qu'Albert me cause de la peine.

Pleurer mon petit frère fit sourdre le souvenir d'Antoinette. De tous mes frères et sœurs, Albert et Antoinette étaient les seuls qui m'avaient véritablement aimée et que j'avais tendrement chéris.

Oh, ma sœur! La seule et unique petite sœur dans mon cœur. Elle serait grande aujourd'hui, mariée sans doute après ses années d'études au couvent des sœurs du Bon-Pasteur où je l'aurais envoyée. Aurait-elle choisi d'épouser un cultivateur, même de l'Anse-aux-Foins, nous nous serions entendues et aimées. Comme Alicia et Philou!

Tant d'épreuves, petit Jésus!

La mort d'Albert… Que pouvait-il m'arriver de pire?

— Viens là, ma chouette. Colle-toi contre moi, c'est ça. Tu entends mon cœur? Il ne bat que pour toi.

Le curé l'avait dit, les morts n'avaient pas à dicter leur conduite aux vivants. La foudre ne tombe jamais deux fois au même endroit, n'est-ce pas, petit Jésus? Prier pour les peines et prendre les joies que la vie apporte.

— Patrice, j'y ai repensé.

— Hum! Quoi?

— Tu sais, pour le manteau de fourrure. L'hiver sera vite là et dans le fond, c'est toi qui avais raison. J'ai toujours froid.

Son visage s'illumina.

— Ah ! Ma petite femme ! Rien ne pourrait me faire plus plaisir. Je n'en peux plus de te voir grelotter… Une brindille dans du coton d'indienne en plein hiver !

Le lendemain, nous étions les premiers clients chez Noël Ostiguy, le réputé magasin de fourrures qui avait pignon sur la rue Victoria.

— Monsieur et madame Lalancette !

Le propriétaire nous accueillit comme s'il nous espérait depuis des lustres. Il fréquentait Patrice comme membre de la chorale paroissiale. Quant à mon mari, il savait tout ce qu'il fallait connaître du marchand.

— Comment se porte votre neveu, Georges, celui qui pensionnait chez vous ?

— Il a fait la connaissance d'une demoiselle Carreau, de Marieville, le même village que le sien. Il travaille fort en vue de s'établir pour la marier.

— Et votre gendre, monsieur Frappier, le mari de votre fille Thérèse ? Vous savez qu'à la chorale de la paroisse il a laissé un grand vide ?

Monsieur Ostiguy opina gravement.

— Lui qui aimait tant la musique… On se demande où il trouvait le temps avec toutes ses recherches.

Le gendre du marchand de fourrures avait fait un stage à l'Institut Pasteur, à Paris. L'année dernière, le docteur Armand Frappier était revenu au pays avec une fiole contenant ce fameux vaccin contre la tuberculose, le BCG.

— Dire que si ce vaccin avait existé il y a quelques années, mon parrain, mon oncle Armand que j'aimais beaucoup, serait peut-être encore vivant aujourd'hui, avouai-je à monsieur Ostiguy.

— Vous savez qu'il est le seul microbiologiste qui se consacre à la mise au point de ce vaccin dans toute l'Amérique du Nord ? nous confia le marchand.

— Je comprends votre fierté ! apprécia Patrice. Il honore toute la nation canadienne-française ! Et quel exemple pour tous ceux qui font des études.

— Lui et Thérèse sont aussi les parents de deux belles filles, ajouta monsieur Ostiguy, au comble de la fierté. Et vous ? Enfin, vous m'avez amené votre épouse. Madame Lalancette, je me trompe où je vous ai vue fureter devant mes vitrines, il y a quelques jours ?

— C'est que je passe souvent devant chez vous, monsieur Ostiguy, et on ne peut faire autrement que de s'arrêter pour admirer le manteau de castor de la vitrine.

— Tiens, tiens ! riposta Patrice, malicieux. Tu ne m'avais pas dit ça !

— Hum ! Le castor, ce n'est pas pour vous, fit le marchand de fourrures. Que diriez-vous de ce vison ?

— Fais ton choix sans regarder le prix, ma minette.

— Quand même pas du vison, Patrice. C'est bien trop extravagant !

Le doigt en l'air, monsieur Ostiguy réfléchissait.

— Laissez-moi voir. Dans l'arrière-boutique, je crois que j'ai exactement ce qu'il vous faut.

Il s'éclipsa pour revenir avec un manteau en mouton de Perse.

— Gris perle ! Une couleur remarquable !

Et presque aussi cher que le vison... Je laissai glisser ma main sur la fourrure bouclée.

— Je le prends.

Chapitre 17

La vie rêvée

— Et si on le faisait, notre voyage à New York, seuls tous les deux? laissa un jour tomber Patrice.

— J'hésite à confier les enfants à Janet…

— Si tu écrivais à ma tante Maria, à Chambord? Dans sa dernière lettre, elle disait s'ennuyer. Les enfants seraient bien avec elle, et tu aurais l'esprit tranquille.

— J'apporte mon manteau de fourrure?

— Je ne l'ai pas acheté pour qu'il ronfle dans la garde-robe. Avec ta fourrure et tes talons hauts, en sortant du taxi, tu auras l'air d'une star de cinéma. N'est-ce pas, les enfants, que maman sera belle dans les rues de New York?

Maman et papa partaient en voyage! Nos enfants assistaient aux préparatifs de départ, rassemblés dans notre chambre pendant que nous bouclions nos bagages. L'atmosphère était fébrile, Simone en profita pour grimper sur le lit avec l'évidente intention d'en tester les ressorts, le petit Raoul à sa suite.

— Venez par ici, mes coquins, que je vous attrape ! riait Patrice en soulevant les deux petits, ravis de se retrouver dans les bras de leur père.

Les deux grands, sagement assis sur le banc de ma coiffeuse – une permission spéciale – braquaient sur nous des regards à la fois curieux et craintifs.

— Vous partez pas pour toujours, hein, papa ? demanda Janine, notre sempiternelle excessive.

— Que quelques jours, ma belle Janine, la rassura Patrice. Avec ton école, tu n'auras même pas le temps de t'ennuyer.

— Et s'il y avait encore le feu à l'église ?

— Aucune catastrophe n'est prévue dans les prochains jours, ma petite chérie. Ma tante Maria est là pour veiller à ce que tout se passe bien.

— Et si le train déraillait ? demanda à son tour Philippe.

— Décidément, nos enfants ont trop d'imagination ! m'exclamai-je, déroutée de les voir si soucieux.

Il était vrai que jamais encore nous ne les avions laissés seuls quelques jours. Patrice se lança dans une explication technique destinée à ramener à la raison notre grand garçon.

— Depuis que les trains sont équipés de freins pneumatiques, les accidents sont extrêmement rares. Et comme tu le sais, ton papa est le meilleur mécanicien du monde.

— Ça, c'est vrai. Vous avez même démonté l'auto en cent morceaux puis vous l'avez remontée, et elle démarrait au quart de tour. Même si maman y croyait pas.

Remarque qui arracha à Patrice son fameux petit sourire.

— Bien observé, fiston. Si j'affirme qu'il n'y aura pas d'accident, tu peux avoir confiance en ma parole.

Philippe opina, le visage rasséréné.

— N'oublie pas qu'en mon absence, c'est toi l'homme de la famille, ajouta Patrice à notre fils qui se rengorgea de fierté.

Le visage souriant de la tante Maria apparut dans l'embrasure de la porte.

— Venez, les enfants, laissons vos parents terminer leurs bagages. Tout à l'heure, proposa-t-elle aux aînés, quand les petits seront couchés, que diriez-vous d'une partie de parchési ?

Les enfants la suivirent facilement. Chère tante qui avait su gagner leur confiance depuis deux jours qu'elle était chez nous !

Revenant à mes préparatifs, j'examinai mon pot de crème Elizabeth Arden qui arrivait à sa fin. Je le glissai dans ma trousse de beauté en pensant que j'en achèterais un neuf dans un grand magasin de New York. À cette idée, mon excitation monta d'un cran.

Nous allions voyager de nuit par wagons-lits. Patrice avait réservé une cabine à bord de l'*Ambassador*, qui nous mènerait jusqu'à Boston. De là, il fallait changer de train pour se rendre à New York. Le départ de Montréal était prévu vers seize heures. Un souper serait servi dans la salle à manger du train : belle vaisselle dressée sur des nappes blanches et argenterie marquée, serveurs gantés de blanc… Et comme dans les grands hôtels, le personnel de service préparerait nos lits pour la nuit. Le grand luxe, en somme ! Comme on pouvait l'imaginer grâce au cinéma et aux photos dans les revues ! Patrice refusait de regarder à la dépense et, cette fois, je le laissai faire, rien ne devant entraver ce voyage de rêve.

— Qu'est-ce je dois mettre dans ma valise ? me demandai-je à mi-voix.

— Tu peux oublier ta jaquette, ça ne me dérange pas, blagua mon mari, pince-sans-rire. Une robe de chambre pour te couvrir au cas où quelqu'un frappe à la porte. Pour le reste…

— Que signifie cet air polisson ?

— Nue sous ton manteau de fourrure, voilà une idée qui me plaît…

Il s'approcha pour mettre ses mains sur mes hanches, me serra tout contre lui et m'embrassa avec gourmandise avant de continuer :

— … j'ai la ferme intention de profiter de tous les agréments de ce voyage, ce qui inclut ma jolie minette !

Mes joues s'échauffèrent comme si j'avais encore vingt ans. Je mis vite le nez dans mon tiroir en grognant, ajoutant une légère tape à une main baladeuse.

— Snoreau ! Si tu continues, nous allons manquer le train.

Il redevint sérieux.

— Une petite valise suffira. Car avec nos achats sur la Fifth Avenue, une malle sera nécessaire pour le retour. Je ferai de ma petite femme chérie une vraie New-Yorkaise, qui portera des vêtements dernier cri.

— Oh ! Patrice…

Je terminai mes bagages dans l'allégresse. Mon mari avait beau dire, il fallait tout de même un minimum, surtout en cette fin d'octobre. La valise bouclée, mon tube de rouge à lèvres et mon poudrier prirent le chemin du nouveau sac à main que je m'étais offert chez Eaton pour le voyage. Patrice préparait lui-même ses affaires, à part l'unique chemise repassée par mes soins et pliée avec art, afin qu'elle ne se froisse pas dans la valise. Il se promettait lui aussi de rafraîchir sa garde-robe.

Enfin sonna l'heure du départ. Silvio nous attendait pour nous conduire à la gare. Des baisers aux enfants, la promesse de rapporter des cadeaux, une dernière recommandation à la tante Maria et… nous étions en route.

Chicoutimi, Valleyfield, Montréal et maintenant New York, la ville fabuleuse ! Lorsque le taxi nous déposa à l'hôtel Delmonico, Patrice et moi étions encore bouche bée devant l'immensité de cette cité qui ne dormait jamais. À peine avions-nous déposé nos bagages qu'il m'entraînait dans un autre taxi avec une idée bien précise en tête. La voiture nous abandonna quelque part sur la célèbre Cinquième Avenue, devant Bryant Park, adossé à un immeuble de style néo-classique.

— La bibliothèque municipale de New York, m'indiqua Patrice. Nous allons remonter jusqu'à la Trente-Quatrième Rue à pied. Tu te sens d'attaque, ma minette ?

— Nous allons nous perdre !

— Ne t'inquiète donc pas, me rassura mon mari. J'ai un plan de la ville.

Il n'y avait pas que le nombre de rues sans fin qui m'effrayait. Tout ce monde, petit Jésus ! Des gens arpentaient vivement les grands trottoirs et nous bousculaient, d'autres s'engouffraient dans la porte d'un magasin, d'un restaurant, dans la bouche du métropolitain, ou pénétraient dans l'embrasure d'un de ces immeubles qui bordaient les rues et qui se comptaient par centaines…

— Tiens mon bras, je pose ma main sur la tienne. Et toi, tu serres ton sac à main tout contre toi.

Patrice ralentit subitement le pas.

— Je veux d'abord le voir de loin.

— De qui parles-tu ?

Il se mit à rire.

— De l'Empire State Building.

Il s'arrêta net au beau milieu du trottoir.

— Là, regarde, je parle du plus haut édifice sur terre, la huitième merveille du monde.

— Hum ! Aux dernières nouvelles, cet honneur revenait au barrage de l'Isle-Maligne. Tu es sûr de ne pas te mêler dans tes merveilles ?

J'avais beau me moquer, j'étais tout aussi fascinée. À mesure que nous nous rapprochions du gratte-ciel, il était quasi impossible d'en apercevoir le sommet. Il était encore tout neuf, achevé en 1931, la même année que la salle à manger de chez Eaton.

— Que diable ! siffla Patrice. Cent deux étages ! Moi qui ne souffre pas de vertige, je ne m'imagine pas *sky boy* à savourer un lunch sur une poutre qui avance dans le vide comme le faisaient les ouvriers qui ont construit l'édifice. Regarde-moi cette beauté moderne, Alice ! Pur Art déco.

Soudain, malgré mon manteau en mouton de Perse, j'eus un drôle de frisson.

— Tu as froid ? s'alarma mon mari.

— Seigneur, Patrice ! J'ai cru entendre un écho venu de loin... Je t'ai déjà raconté ma première visite à Chicoutimi avec mon oncle Armand ? Devant le Colozza... je l'entends comme si c'était hier, il avait eu des mots semblables aux tiens : "pur style Art nouveau".

Ah ! petit Jésus, voilà que j'allais me mettre à pleurer !

— Allons, allons ! Ça va mieux, ma chouette ?

Il me tapotait gentiment le dos sans que les passants se soucient de nous.

— Je ne sais pas ce qui m'a prise. Au fait, pourquoi "Art nouveau" et non pas "Art déco" ?

— L'Art nouveau, avec ses courbes et ses fioritures, date d'avant la guerre. De nos jours, l'Art déco, avec ses lignes pures et ses matériaux nobles, règne en maître. Et cet édifice impressionnant devant lequel nous nous trouvons est l'un de ses plus beaux fleurons. Alors, on monte ?

— Comment ça, on monte ?

— On prend l'ascenseur jusqu'au quatre-vingt-sixième étage. Il y a un belvédère là-haut qui offre une vue imprenable sur la ville et les environs. On ne peut pas manquer ça.

— T'es fou ? Et si l'ascenseur tombait ?

— On croirait entendre les enfants ! se moqua Patrice. Des centaines de visiteurs se rendent jusqu'au belvédère chaque jour. Nous sommes à New York, ma minette, ici, tout est gigantesque, incroyable, extraordinaire... absolument moderne et sans danger. Viens, tu ne le regretteras pas.

Il souriait à belles dents, le sacripant, et il avait raison. Nous étions ici pour faire des folies, toutes les folies possibles. Je lui emboîtai donc le pas pour pénétrer dans un vaste hall entièrement fait de marbre et haut d'au moins trois étages. Je n'étais pas au bout de mes émerveillements !

De là-haut, comme l'avait affirmé Patrice, la vue était extraordinaire, révélant une ville aux proportions démesurées. De ma vie, je n'aurais jamais imaginé voir pareil spectacle : la pointe de l'île de Manhattan entièrement recouverte d'immeubles, le pont de Brooklyn sur l'East River...

— Le pont du Havre qu'on vient d'inaugurer à Montréal est tout de même plus impressionnant !

— Sauf que de Montréal, impossible de voir l'océan Atlantique.

— Pour ça... Quand je raconterai à Philou que j'ai vu l'océan, elle sera bien épatée. Jadis, nous en rêvions, au bord du quai de l'Anse-aux-Foins.

— Un transatlantique entre dans la baie, s'excita mon mari qui s'était approché de la balustrade, contrairement à moi qui demeurais en retrait. Il arrive des vieux pays. Ces bateaux sont de véritables palaces flottants, paraît-il.

— Ne t'approche pas trop du bord, Patrice !

— Alice, il y a des grillages, tu vois bien que c'est impossible de tomber.

J'en avais assez vu et préférais me tenir près de l'ascenseur. Le plaisir qui se peignait sur le visage de Patrice était si évident qu'à aucun prix je ne voulais l'en distraire, même si je souhaitais ardemment retrouver la terre ferme.

— Viens, se décida-t-il enfin, redescendons.

Quel soulagement ! En posant mon pied sur le trottoir, je respirai d'aise. Parfaitement détendue, je pris le bras de mon mari.

— Marchons !

— Prenons l'avenue Broadway, c'est par là.

Moi qui avais toujours trouvé que le cinéma de Valleyfield faisait preuve de mauvais goût en tapissant sa façade de dizaines d'affiches annonçant les films, je n'avais encore rien vu. Ces néons criards et ces affiches où un certain esthétisme côtoyait le hideux dépassaient l'imagination. Nous nous trouvâmes rapidement encerclés par une mer de monde, des centaines de gens pressés, pour la plupart se rendant à autant de rendez-vous inconnus, qui nous forçaient malgré nous à avancer rapidement. Tout à coup, quelqu'un me poussa brutalement ; je fus séparée de mon mari et violemment projetée dans la foule. Je perdis l'équilibre. Petit Jésus ! Quelqu'un tentait de m'arracher mon sac à main ! Paniquée, je cherchai Patrice sans le voir. Où était-il donc passé ?

— Alice !

— Oh ! Patrice ! On m'a volé mon sac.

J'étais désemparée, je luttais contre des larmes de rage. Patrice, après avoir constaté que je n'avais rien de cassé, décida qu'il était inutile de porter plainte à la police.

— C'est une histoire qui se répète chaque jour, dans cette ville ! Ton sac est définitivement perdu.

J'en étais encore à me désoler de la perte de mes trésors, rouge à lèvres, poudrier, porte-monnaie, quand de nouveau quelqu'un nous bouscula. Cette fois, c'était une pauvre femme dépenaillée, chargée de sacs contenant probablement ses maigres possessions et qui sentait franchement mauvais. Elle s'élança dans la rue, indifférente au trafic et aux voitures qui la klaxonnaient bruyamment. Une fois arrivée sur l'autre trottoir, sans aucune pudeur, elle retroussa ses jupes pour se soulager dans le caniveau. J'eus l'impression d'assister à une mauvaise scène d'un film de Charlie Chaplin, la beauté d'Edna Purviance en moins.

Tout à coup, je n'avais plus envie d'être dans cette ville brutale, inhospitalière, où tout le monde était anonyme. Je me cramponnai au bras de Patrice et nous retournâmes à l'hôtel.

Le lendemain, j'étais remise de mes émotions.

— J'aimerais bien me racheter un poudrier et un rouge à lèvres, avouai-je au déjeuner.

Patrice avait fait monter un plateau, j'étais encore en robe de chambre.

— Habille-toi, ma minette, proposa joyeusement mon mari. Ce matin, nous allons chez Macy's, tu pourras acheter tout ce que tu désires. Un employé de l'hôtel m'a appris que les soldes d'automne battaient leur plein. À nous d'en profiter !

L'heure d'après, j'explorais le rayon des robes. Après avoir rejeté la grande tendance du moment, les jupes-culottes, à mes yeux le contraire de l'élégance, j'essayai quelques modèles, Patrice se posant en juge de mode. Ensemble, nous choisîmes un ensemble d'après-midi d'un fin lainage gris perle, ma couleur préférée, une robe pratique en velours et une robe de soirée en soie moirée, une splendeur rehaussée d'un corsage drapé avec de petites manches à volants, parfaites pour moi qui refusais d'exhiber mes maigres épaules. Elle valait, plein prix, trente-cinq dollars américains, une pure folie ! Chez Eaton, on trouvait aisément d'adorables petites robes pour sept dollars. Patrice insista pour que je la prenne :

— Tu es magnifique, là-dedans, et elle est en solde à moitié prix.

Je cédai. Ces dépenses ne me privèrent pas de quelques emplettes au rayon de la lingerie, dont une combinaison soyeuse à porter sous mes robes.

— J'ai encore plus hâte de te voir là-dedans, me chuchota à l'oreille mon mari d'un ton canaille.

Par la suite, il m'entraîna au rayon des chapeaux, tous plus ravissants les uns que les autres. Le modèle que je choisis, rond et presque aussi plat qu'une assiette, se portait sur le côté pour une allure d'un chic fou. Quant à Patrice, il ne manquait pas de panache dans son paletot neuf, la tête coiffée d'un superbe fédora gris foncé, garni sur le côté d'une petite plume colorée. Après nous être assurés que nos achats seraient livrés à l'hôtel, mon mari m'entraîna chez Sak's Fifth Avenue.

— Tu as besoin d'un nouveau sac à main, je crois.

Ah ! Le sourire de cet homme. Je fondais.

Les jours qui suivirent s'écoulèrent dans le bonheur total. J'eus le coup de foudre pour un sac brun Chanel à plusieurs compartiments, en cuir de crocodile et à fermoir de laiton, avec porte-monnaie assorti et petit miroir de poche. Ce bijou de sac à main resta dans la chambre d'hôtel pour la suite de notre périple new-yorkais. Au programme, souper dans un grand restaurant, visite de l'île de la célèbre statue de la Liberté, messe à la superbe cathédrale Saint-Patrick, la bien nommée, pour rendre grâce. Pour notre dernière soirée, nous nous rendîmes au Alvin Theater sur Broadway entendre une comédie musicale, *Anything Goes*, de Cole Porter – Patrice y tenait.

— Un chassé-croisé amoureux digne de Marivaux, commenta Patrice à la sortie du théâtre.

Il sifflotait déjà l'air principal.

— Si tu n'avais pas été là pour m'expliquer les grandes lignes de l'histoire, je n'aurais rien compris.

Je déplorais de ne pas parler un mot d'anglais. En vue du prochain voyage, j'apprendrais. Ce soir-là, enivrés par le charme envoûtant de l'atmosphère new-yorkaise, Patrice exhibait un nœud papillon, j'étrennais ma robe de soirée, étole de martre sur les épaules.

— Heureuse ? me demanda Patrice en ce dernier soir de nos vacances en amoureux.

— Et fourbue… Je n'ai jamais autant marché de ma vie. En vérité, même si je suis ravie de ce séjour dans la plus grande ville du monde, je commence à avoir hâte de rentrer chez nous pour entendre parler français et retrouver les enfants.

En arrivant à l'hôtel, il fila sous la douche en chantant à tue-tête un air d'une opérette française à la mode, *Le Pays du sourire :*

Je t'ai donné mon cœur
Tu tiens en toi tout mon bonheur
Sans ton baiser il meurt
Car sans soleil meurent les fleurs…

Sortant de la salle de bain en faisant de grands gestes, il continuait à chanter en s'avançant vers moi qui, étendue sur le lit, me prélassais dans ma belle combinaison soyeuse de chez Macy's. J'éclatai de rire. Il était si drôle, une simple serviette de bain autour des reins, à chanter son couplet comme s'il était sur une scène de théâtre :

À toi mon beau chant d'amour
Et pour toi seule, il fleurira toujours
Toi que j'adore, ô ma douceur
Redis-le-moi… je t'ai donné mon cœur

— Grand fou, tout l'étage va t'entendre.

— Il n'y a pas de mal ! Ils sauront à quel point Patrice Lalancette aime sa femme, dit-il en s'approchant pour se blottir tout contre moi et chuchoter : "ma brune, ma reine…"

Puis, en s'amusant à enrouler une mèche de mes cheveux autour de son doigt :

— Dis-moi donc, ma minette… Est-ce que tu l'aimes, ton grand extravagant ?

Il était presque sérieux. Et moi, ivre de bonheur et soudainement émue, je lui livrai le fond de mon âme.

— Si un jour on m'avait dit qu'il était possible d'aimer autant, je ne l'aurais jamais cru. Je t'aime, Patrice Lalancette !

— Alice ! me susurra-t-il en me renversant sur le lit. Répète-le encore, supplia-t-il.

— Je t'aime, mon grand extravagant !

Des mains savantes firent glisser les bretelles de ma combinaison, des mains qui me connaissaient parfaitement. Sans me préoccuper de l'état des draps, je m'abandonnai complètement entre les bras de mon amour.

Était-il possible d'être plus heureuse ? Merci, petit Jésus !

Dans le train du retour, un sentiment profond me remplissait l'âme. Les misères de l'Anse-aux-Foins, les années d'école avortées, l'indifférence de ma mère, la dureté de mon père et mes chers morts : Antoinette, Lucien, Armand et Albert... La vie n'avait pas toujours été facile, mais je croyais fermement que les épreuves étaient désormais derrière moi. Mon nouveau sac à main Chanel serré contre mon cœur, la tête appuyée sur l'épaule de Patrice, mon mari, mon amour, je savourais mon bonheur.

— Eh bien, ce voyage à New York ? À voir vos yeux briller, vous devez avoir bien des choses à raconter ! nous accueillit la tante Maria.

Les enfants fêtaient Noël avant le temps. Janine, dont ce serait l'anniversaire à la fin du mois, avait reçu une grande poupée choisie par son père. Une plus petite était dans les bras de Simone. Philippe découvrait avec de grands yeux un jeu Meccano et Raoul semblait heureux de son ourson en peluche à qui il tenait de longues conversations. Demain soir, Patrice retournerait au travail.

— Oh, ma tante, comment vous remercier pour votre générosité ? Vous allez bien rester quelques jours avec nous ? insistai-je.

— Encore deux jours. J'ai mon billet de train pour le 5 novembre, avoua-t-elle. Votre oncle Désiré s'ennuie, les enfants.

— Si ça ne vous dérange pas, je profiterais de votre présence pour entendre la messe avec Patrice demain matin.

— Rien ne me fera plus plaisir.

Alors qu'à New York, il avait fait si beau, la grisaille de novembre s'était installée chez nous. Nous nous rendîmes à la messe sous une petite pluie glacée. Patrice retrouva la chorale et sa voix puissante, que je reconnaissais entre toutes, remplit la chapelle du séminaire, où se déroulaient les cérémonies religieuses en attendant la fin des travaux de reconstruction de la cathédrale, des beautés du grégorien. La pluie tombait toujours quand Patrice prit le chemin du travail.

Au cours de la nuit, un vent du nord-ouest se leva. Réveillée par ses violentes bourrasques qui faisaient claquer les fenêtres et ployer les arbres, arrachant des branches dans de terrifiants craquements, je songeai à mon pauvre Patrice et à ses hommes sur le chaland. Sa présence à mes côtés me manquait; je m'étais raccoutumée à m'endormir près de lui. À New York, il m'avait promis de demander à son employeur qu'il l'affecte à un travail de jour. Lui aussi s'ennuyait d'une vie normale et regrettait de ne pas voir suffisamment les enfants.

Au matin, il était en retard. Je m'y attendais; tante Maria, elle, s'inquiétait.

— Le chaland a sans doute subi des avaries à cause du mauvais temps, la rassurai-je. Ça arrive très souvent. Soyez sans crainte, il sera de retour pour vous conduire à la gare. Sinon, nous aviserons, ajoutai-je en coiffant mon chapeau pour aller entendre l'office du matin sans Patrice.

À la sortie de la messe, j'aperçus Silvio qui semblait m'attendre et lui envoyai la main, heureuse de le revoir. Il s'avança dans ma direction et à mesure qu'il s'approchait, je voyais son visage se décomposer. Un terrible nœud se forma soudain dans mon estomac.

Silvio prit mes mains dans les siennes…

— Patrice est tombé…

Ses yeux rougis, sa voix éteinte…

— Qu'est-ce que tu dis, Silvio ?

— Assommé par la bôme du chaland qu'il tentait d'arrimer. Il est tombé dans le canal.

Un cruel étau me broya le cœur.

— Quand ça ?

— Vers minuit. On le cherche.

Repères et sources

Cette histoire est un roman, une fiction inspirée de la vie de mes grands-parents maternels: Alice-Loretta Gagnon, dite Laurette, et Patrick Lalancette. Même si de nombreux faits sont authentiques, des noms ont été changés et tous les personnages ont été largement romancés.

Un exemple. Patrick Lalancette n'a jamais assisté au concert de Caruso à Montréal en 1920. Par contre, l'anecdote du garçon assistant au concert juché sur les épaules de son père est vraie, bien qu'elle appartienne plutôt à la famille de mon mari. Mon grand-père chantait le grégorien et adorait la musique, un goût qu'il a laissé à ses enfants. Il est donc cohérent que le personnage de Patrice dans le roman assiste au concert.

Je me suis aussi amusée à se faire rencontrer, par la voie du roman, ma famille et celle de mon mari, puisque Noël Ostiguy, le marchand de fourrures de Valleyfield chez qui Alice achète son manteau, est son grand-oncle. C'est ainsi que l'on tricote la réalité et la fiction.

La personnalité prêtée au personnage d'Alfred Gagnon s'inspire des histoires racontées par Richard Tremblay, de Saint-Fulgence, petit-fils de Laure. Alfred a bel et bien occupé toutes les fonctions que lui donne le roman et sa mort tragique a été racontée dans le *Progrès du Saguenay* du 20 juillet 1926. Le reste appartient à la fiction.

La documentation historique régionale est aussi fabuleuse que le «royaume». La fierté n'est pas un vain mot dans la région du Saguenay–Lac-Saint-Jean, où l'histoire tient sa place. Ses historiens ont commencé à œuvrer tôt pour conserver témoignages et documents qui font partie des collections de la Société historique du Saguenay. Notons l'extraordinaire fonds Lemay, où dorment les originaux des photos des familles de la région, y compris la mienne.

L'histoire de la région est fouillée, documentée, écrite. J'ai puisé à pleines mains dans les ouvrages de l'historienne Russel Aurore Bouchard, notamment *L'Histoire de Chicoutimi-Nord*, volume 1, *Le Canton Tremblay et le village de Sainte-Anne*, publié à compte d'auteur en 1985, et *L'Histoire de Chicoutimi*, volume 1, *La Fondation. 1842-1893*, publié à compte d'auteur en 1992. Ces ouvrages se retrouvent sur le site *Les Classiques des sciences sociales* de l'Université du Québec à Chicoutimi. Également: *Au royaume du Saguenay et du Lac-Saint-Jean. Une histoire à part entière, des origines à nos jours*, de Gaston Gagnon, aux Éditions GID, 2013; les nombreux articles publiés dans la revue *Saguenayensia*, divers auteurs.

J'ai utilisé à satiété *Chicoutimi. 150 ans d'images*, de Guy Coutu (Le Musée du Saguenay–Lac-Saint-Jean, 1992) et *Le Grand-Brûlé: Récits de vie et histoire d'un village au Québec. Laterrière, Saguenay, 1900-1960*, de Camil Girard et Gervais Tremblay (Les Presses de l'Université Laval, 2004). Les *Notes historiques sur Saint-Fulgence*, de l'abbé Georges-Hilaire Gagnon (manuscrit déposé à la Société historique du Saguenay), m'ont été d'une grande utilité. Les fiches de familles conservées par la Société de généalogie du Saguenay m'ont aidée à remonter la généalogie familiale.

Sur Montréal et Salaberry-de-Valleyfield : *La Rue Sainte-Catherine. Au cœur de la vie montréalaise*, Paul-André Linteau (Les Éditions de l'Homme, 2010) ; *Salaberry-de-Valleyfield. La Venise du Québec*, Luke De Stéphano et Daniel Plourde (Les Éditions GID, 2010).

Quelques notes

L'Anse-aux-Foins et le Grand-Brûlé
Pour leur poésie et leur saveur, j'ai choisi d'utiliser ces noms anciens : *Anse-aux-Foins* pour Saint-Fulgence et *Grand-Brûlé* pour Laterrière.

Le rang Saint-Louis
Ce sont les *Notes historiques sur Saint-Fulgence* qui nous apprennent que le curé Louis Gagnon aurait nommé rang « Saint-Louis » le chemin qui traverse la concession des Renard, du nom de son saint patron.

La compagnie de pulpe de Chicoutimi (CPC)
Formée en novembre 1896 par Dominique Guay, dans les locaux du *Progrès du Saguenay*, afin de profiter du formidable potentiel de pouvoir électrique et de grandes réserves forestières de la région. Les actionnaires et les membres du bureau de direction étaient uniquement des Canadiens français. L'usine, construite à l'ouest de la ville de Chicoutimi, sur la rivière du même nom, fut inaugurée en 1898. En octobre 1900, selon les plans des architectes Lemay et Berlinguet, la construction d'un second moulin au coût de 1 500 000 $ fit de l'usine la plus importante du genre en Amérique du Nord. Julien-Édouard-Alfred Dubuc, directeur de succursale de la Banque Nationale à Chicoutimi, prit la direction de l'usine dès 1896. En 1910, elle employait 1000 hommes et faisait travailler 1500 bûcherons. Précurseur, Dubuc

instaura des quarts de travail de huit heures. La pulpe de Chicoutimi était exportée en Europe et en Amérique du Nord. En 1920, la CPC était le plus important producteur de pâte mécanique du monde. L'objectif de Dubuc de démontrer que les Canadiens français étaient aptes aux affaires avait été atteint. Hélas, la faillite d'un partenaire à Londres l'obligea à déposer son bilan en 1924.

Le complexe hydroélectrique de l'Isle-Maligne
Construit entre 1923 et 1926, le complexe a employé 1600 travailleurs dont un tiers venait d'Europe, un quart des États-Unis et d'Ontario, et les autres du Canada français. Le travail était dur : douze heures par jour, six jours par semaine ; les contremaîtres anglophones étaient insensibles et les morts furent nombreux. Le 24 juin 1926, on inaugura la plus puissante centrale électrique du monde (8 barrages, 12 turbines) ; quelques jours plus tard, les terres riveraines furent inondées et 940 cultivateurs virent 60 000 acres disparaître sous les eaux du lac Saint-Jean.

Un roman de Joseph Lallier, publié en 1935 par L'Action paroissiale, à Montréal, et intitulé *Le Spectre menaçant*, évoque le chantier de l'Isle-Maligne.

La centrale de Beauharnois
Architecture Art déco, alimentée par le fleuve Saint-Laurent, la centrale de Beauharnois, encore une fois l'une des plus puissantes du monde, date de 1932. La Beauharnois Light, Heat and Power Company existait depuis 1902, mais ce n'est qu'en 1929 qu'elle entama la construction d'un canal de 24 kilomètres, 200 millions de mètres cubes de terre, afin de détourner une partie du débit du fleuve Saint-Laurent. Dans une entrevue à Gaston Gagnon, Aimé-Louis Gagnon affirme que la grue qui a servi à creuser le chenal

du Saguenay était la même que celle utilisée à Beauharnois à l'époque de Patrick et Silvio Lalancette.

Les ingénieurs stationnaires

Les titres d'ingénieur mécanicien et d'ingénieur stationnaire trouvent leur origine dans une mauvaise traduction des termes anglais. Un mécanicien responsable d'une locomotive était désigné sous le titre d'ingénieur mécanicien. Les ingénieurs stationnaires étaient les spécialistes des systèmes de chauffage de chaudière, de climatisation, de ventilation, des turbines et des systèmes à vapeur. Une loi sanctionnée en 1914 obligea la présence d'un ingénieur stationnaire pour tout système à vapeur, chaufferie, etc., et mit en place des bureaux d'examinateurs qui délivraient des certificats professionnels. En 1915, il existait un bureau d'examinateurs à Montréal et un autre à Québec.

Salaberry-de-Valleyfield

La ville au double nom. Le village de la paroisse de Sainte-Cécile portait le nom de Valleyfield, donné par les ouvriers écossais de la fabrique de papier. Lors de son incorporation en municipalité, on lui adjoignit le patronyme « Salaberry » en l'honneur de Charles-Michel de Salaberry, vainqueur de la bataille de la Châteauguay. Le nom de Valleyfield sera le plus courant au XXe siècle, mais celui de Salaberry-de-Valleyfield s'impose de plus en plus dans l'usage courant. Le nom du maire qui a donné son salaire aux chômeurs pendant la crise économique est Olivier Philorum Billette.

Georges Vézina

Né à Chicoutimi le 21 janvier 1887, décédé au même endroit le 27 mars 1926. Fils de boulanger, Georges Vézina fit des études au petit séminaire de Chicoutimi, qu'il laissa pour aider son père dans le commerce. Engagé comme gardien de but par le club de hockey de Chicoutimi à 16 ans, Vézina fut remarqué par Joseph Cattarinich, gardien de but du National de Montréal, lors d'un match hors concours de la saison 1904-1905. Le club Canadien fut formé en 1909, Cattarinich en fut le gardien de but, poste qu'il quitta après la saison 1909-1910. Vézina s'entraîna avec le Canadien pour la saison 1910-1911 et entama une carrière brillante : le Canadien emporta la coupe Stanley en 1916 en cinq rencontres contre les Rosebuds de Portland. Le club fut également victorieux en 1924. Le 28 novembre 1925, Georges Vézina s'effondra sur la glace de l'aréna Mont-Royal ; il succomba à la tuberculose le 27 mars 1926. Le trophée Vézina, remis annuellement par la Ligue nationale de hockey au meilleur gardien de but, fut créé en 1927. Georges Vézina fut nommé au Temple de la renommée du hockey en 1945. Un aréna porte son nom à Chicoutimi. (*Vézina, Georges*, par Michel Vigneault, *Dictionnaire biographique canadien en ligne*.)

Paris pâté

Une recherche dans Internet nous apprend que le pâté en boîte Paris Pâté a été commercialisé en 1933 par l'entreprise Aliments Ouimet Cordon Bleu. Or, ce produit existait bien auparavant. Une publicité de Paris Pâté est insérée dans le *Manuel de la ménagère* en 1913, publié par Montreal Advertising Agency. On trouve également cette information dans *Ainsi cuisinaient les belles-sœurs dans l'œuvre* de Michel Tremblay (Anne Fortin, Flammarion Québec et Léméac, Montréal 2014). Un personnage de Tremblay qui évolue en 1914 évoque le Paris Pâté dans *La traversée de la ville*.

Remerciements

Mes premiers remerciements vont aux enfants de Laurette Gagnon et Patrick Lalancette : Jean-Paul, Jacqueline, Madeleine et Maurice, qui m'ont confié généreusement leurs souvenirs de jeunesse, les photos de famille, les documents. Un merci particulier à Maurice, guide et hôte enthousiaste, lors de nos séjours à Chicoutimi. Merci également à Georgette et Rolland Lalancette, fille et fils de Silvio. Ma reconnaissance va aussi à Gaston Gagnon, cousin, historien et muséologue, pour les rencontres, les références, les échanges et les souvenirs de famille partagés.

Remerciements également au passionné Luc Gagnon, archiviste au monastère des Augustines de la Miséricorde de Jésus à Chicoutimi ; à l'ami André Bujold, qui m'a prêté un journal tenu par une parente au tournant des XIXe et XXe siècles, document qui recèle des détails inestimables et si difficiles à retrouver dans les livres d'histoire : calendrier agricole, recettes, remèdes et anecdotes.

Toute ma gratitude à Dominique Alexis, conseillère à l'intrigue, ainsi qu'à mon mari, Raymond Ostiguy, pour son indéfectible soutien. Sans oublier Jacinthe Moffet et Sandrine Lazure, mes chères éditrices qui me rassurent et me prodiguent leurs encouragements, ainsi que la formidable équipe d'Hurtubise.

Table des matières

Suivez-nous

Achevé d'imprimer en août 2024
sur les presses de Marquis Imprimeur
Montmagny, Québec